山頭火の病蹟

ころり往生、喪失体験、アルコール依存

人見一彦

せせらぎ出版

山頭火の病蹟――ころり往生、喪失体験、アルコール依存

＊

目次

山頭火の病蹟——ころり往生、喪失体験、アルコール依存

まえがき

種田山頭火は自由律の俳人である。高度成長期の昭和四十年代半ば、物質文明から背を向けた漂泊の詩人としてマスコミに取り上げられ、ディスカバージャパンのキャンペーンともあいまってブームとなった。最近は四国遍路への関心の高まりとともに注目を浴びている。

昭和十五年十月十一日山頭火は自ら希望した「ころり往生」を遂げたが、それに先立つ十月二日「犬から餅を頂戴した」という有名なエピソードがある。酔っ払って深夜に帰庵し寝床に入ると、どこからともなくついて来た犬に大きな餅のご馳走になったという話であり、日記に餅の絵を描いている。独特のけれんみのなさのあらわれだ、悟りの心境だとか、山頭火の至った至福の世界ではないかとも評されている。

そのような解釈が可能としても、このエピソードが果たして意識清明な世界の現実の出来事であったのであろうかという疑問を抱いたのが執筆の動機である。ころり往生に至る経過について山頭火日記を中心に精神医学的に詳細に検討すると、アルコール依存に起因する精神病理現象、振戦せん妄に基づく典型的な視覚的幻覚であると判断される。その背景を探って全生涯を精神病理学的に考察した。

山頭火は大好きな俳人である。このような作業を通じて改めてその苦悩の深淵に接することにより、ますます好きになった。

二〇一五年六月

人見　一彦

第一章　「ころり往生」の精神病理

I　句と酒の行乞流転

山頭火は行乞《ぎょうこつ》流転の人である。

昭和三年九月十七日　自由律俳句運動の推進者で「層雲」主宰者荻原井泉水に宛てた山頭火の手紙

私は相かはらず徒歩禅—或は徒労禅をつゞけてをりますが、一先づ帰態するつもりで、西へ〳〵と向かつてをります（といつて、実のところ帰るところはありませんが）。私は本山僧堂にも入らず、西国三十三所の巡拝せず、たゞ茫々として歩きつゞけて来ました、山は青く水は流れる、花が咲いて木の葉が散り、私もいつとなく多少のおちつきを得ました。

小豆島の五日はほんたうに有難い五日でありました、一二氏玄々子さんのお世話になりました、それにしても生前放哉坊と一杯飲みかはし得なかつたことは残念でなりません、「明日からは禁酒の酒がこぼれる」といふお作を思ひ出しては涙を流しました、そして放哉坊は死処を得た、大往生だ、悟り臭くなかつたゞけそれだけ偉大だつたと思ひました。

メイ僧のメンかぶらうとあせるより

ホイトウ坊主がホイトウなるなん

（ホイトウは乞食物貰を意味する中国地方の方言であります）

現在の私は、こんなところにおちついてをります、いつまでもこんなところを彷徨してゐてはならないと思ひますが、因縁時節、流れに随ふ外ありません。

酔来枕石　　谿声不蔵

酒中酒尽　　無我無仏

断見外道といはれても、また孤調の人といはれても、何といはれても仕方ありません、私は私一人の道をとぼ〳〵と歩みつゞけるばかりであります、私も出来るだけ長生して、たとへ野山の土となるとも自分を磨きたいと心がけてをります。

山頭火は離婚した妻サキノがいる熊本にも帰れず小豆島に尾崎放哉の墓参りを済ませ、「ホイトウ坊主」と自嘲しながら一人の道をとぼとぼと歩きながら句作を続けていた。山頭火に酒は切つても切れない存在であつた。

昭和五年五月　井泉水の九州旅行記

山頭火は私の旧い友人である。彼が家政の蹉跌から落魄して以来、流転に流転をつゞけて、今は一介の托鉢僧として生きてゐる。私も亦久しぶりで彼に逢ひたい。……井泉水が内の牧駅について、改札口に近づくと、その内のベンチから立上つた雲水姿をした山頭火が果たしてそこに居た。網代笠と鉄鉢と念珠とを手にして、彼は一時間先まで此の町を行乞しつゝこの駅に来たのだつた。……山頭火が一笠一鉢に生を託する旅人になりきつてから、もう何年経つであらう。彼は味取の観音堂に暫らく足を停めていたが、其処をも捨て、今又、歩きつゞけてゐる。彼の歩むのは、或る処へ行く事を目的として歩いてゐるのではない、歩く事その事の為に歩いてゐるだ。彼にあつては生きるといふ事と歩くといふ事が同一語になつてゐる。雲水といふ言葉の語源的の意味に於て、彼は雲水になりきつてゐるのだ。

へうへうとして水を味わふ　　山頭火

彼はかつて此句を寄せて来た。これが彼の全体的な姿である。

しぐるるや死なないでゐる　　山頭火

彼はこう詠う。即ち生かされている事に合掌する心である。彼はその淋しさをしんそこまで味はつてゐながら、猶その底をぬいて味はずにはゐられないやうな、その処に彼の酒といふものがある。彼は酒によつて自分を忘れようとするよりも、酒によつて一層はつきりと自分を掴まうとしてゐるやうである。

山頭火は話すのだ。酒をやめようと思つてゐるけれども、酒はどうしてもやめられない。句もやめようと思つたこともるけれども、句はどうしてもやめられない、さりとて自分に出来る事とて何一つない、今はただ、酒と句とで生きてゐるのだ、と。芭蕉は、『無能無才にしてただ此一筋につながる』と書いてゐる、『それでは無能無才にして此二筋につながるのですな』と云つて私は笑つた。

行乞を続ける山頭火の心にはいつも死の観念が潜んでいた。酒にそれを和らげる作用もあるが追い詰める作用もある。若い頃から酒にまつわる語録がある。

飲みたい酒は味ふための酒である、啜るべき酒である、微笑を以て飲む酒である。泣いて飲むな、笑うて飲め。独りで飲むな、肩を並べて飲め。飲んでも飲んでも酔ひ得ないやうな酒を飲むな、味ふうちに酔ふやうな酒を飲め。苦い酒を飲むな、甘い酒を飲め。

（「弱者の手帳より」大正四年）

私は酒席に於て最も強く自己の矛盾を意識する、自我の分裂、内部の破綻をまざ〳〵と見せつけられる。酔ひたいと思ふ私と酔ふまいとする私とが、火と水とが叫ぶやうに、また神と悪魔とが戦ふやうに、私の腹のどん底で噛み合ひ押し合ひ啀み合うてゐる。そして最後には、私の肉は虐げられ私の魂は泣き濡れて、遣瀬ない悪夢に沈んでしまうのである。

（「赤い壺（一）」大正五年）

Ⅱ　夢遊病者の日記

山頭火が夢遊病者の日記と呼んでいる酔って覚えていない時に書かれた文章がある。翌日それを見て驚き句を削除、改訂する。

昭和七年九月十一日
産地熊本県と名札にかいてあるのにも郷愁に似たものをそゝられました。

昼寝でいやな、といふよりも、きたない夢をみた。

樹明さんが、鮒のあらいを芋の葉につゝんで草刈そのままの服装で持つてきて下さつた、たいへんうれしかつた。

清丸さんを見てから、しきりに彼の事が気にかゝる、彼が私の生活にこんなにもくひいつてゐようとは予期しなかつた、それは彼が彼の生活にくひいつてゐないやうに。

私はどんづめのどたんばでは落ちついてゐるだらう、本来無一物でなくて、即今無だから！

私のつけた辛子漬《カラシヅケ》はうまい、それは必ずしも辛子代、私の手間代、彼の労力に対してではない。［この一行削除の印あり］

よい釣場を見つけたが、雑魚一ぴきも釣れなかつた。

案山子二つ、一つは赤い、一つは白い着物をきてゐた、赤い、……白い。……

あれやこれと考へまはしてゐるうちに、少しセンチになつた、そのためでもなからうが、――クシとブドウ！

今日は暑かつた、むしあつかつた、ぢつとしてゐて、『一番つまらないのが百姓』である話を聴いた。

といつたつて、そのせいでもあるまいが、私は野菜と肉類らしくない肉類を味つてゐる、あれもよし、これもよし、それでさつぱ《マ》する。

雑草めい〳〵の花を持ち百姓［削除の印あり］

お祭ちかい秋の道を掃いてゆく

かつちり時間あつてゐる曇り日のドン

萩の一枝に日がある［削除の印あり］

曇り、時計赤い逢ふ［削除の印あり］

　とかくして秋雨となつた

雨、こほろぎ（彼の納所坊主でもたづねますか）。

食べるものが無くなつてくるから、松茸、うまからう。

降つてゐる、鳴いてゐる、けさも早かつた。

昨日の日記を読んで驚いた、それは夢遊病者の日記みたいだつた（前半はあれでもよからう）、アルコールの漫談とでもいはうか、書かなくてよい事を書いてある代わりに、書かなければならない事が書いてない、どうせ反古になるのだから、どうでもよいやうなもの、、このまゝにしてをくことは私の潔癖が許さない。

事実そのものはかうである。——（一部省略）

……ふと眼がさめて見たら十時半だつた、本式に寝て、二度目の眼がさめたのが四時、それからそれへ。……

昨夜、樹明兄を見送つて、日記を書きはじめたのは覚えてゐる、書いてゐるうちに前後不覚になつたらしい。

意識がなくなる、といつては語弊がある、没意識になるのである（それは求めて与へられるものぢやない、同時に、拒んで無くなるものでもない）。

その日記を通して自己勘検をやつてみる。

案山子二つ、……赤いとあるだけではウソだ。

その前のところに、——即今無——とある、無意味だ、といふよりも欠陥そのものだ、無無無といつた方がよいかも知れない、とにかくムーンだから！

辛子漬《カラシヅケ》云々は、私といふ人間が御飯ぐらゐは炊けることを証明した事実である。

雑草の句の下の文句が百姓とあるのは、用意のない嫌味だ、それだけに却つて嫌味たつぷり。

お祭の句なんどは全然問題にならない。

その他の句は、長門峡とか、時計とか赤いとか、何とかかとかうるさいばかりだ。

昨日の今日で頭がわるくない、痔もわるくない、腹も胃も、手も足も、——あゝすこしばかり行乞流転したい。

改

お祭ちかい朝の道を大勢で掃いてゆく

萩の一枝にゆふべの風があつた

曇り日の時計かつちりあつてゐる

案山子、その一つは赤いべゞ着せられてゐる

改訂再録

とかくして秋雨となつた

鶏頭の赤さ並んでゐる

咲いて萩の一枝に風がある
けふからお祭の朝の道みんなで掃く（改）
芋の葉でつゝんでくれた小鮒おいしい

●ブラックアウト

アルコール性の一過性意識喪失のエピソードである。日記の後半を書いたことが思い出せない。多量飲酒による自己忘却である。さすがの山頭火も驚いた。書かなくてよい事が書かれており、書かねばならないことが書かれていない。意識清明であれば取捨選択できるが意識朦朧としていて混乱している。それを没意識と表現している。求めてあたえられるものじゃないと述べるが、アルコールによる脳への生理的作用の結果である。

内容が不分明なものもあり、山頭火の潔癖が許さない。反故になるような句は許せないと自己勘案した結果、［削除の印あり］（改）の印となる。辻褄が合わないと「無無無といつた方がよいかも知れない、とにかくムーンだから！」とアルコール依存に特有の諧謔を飛ばしている。

Ⅲ　泥酔、自問自答、懺悔

山頭火が掲げた「無能無才にして此二筋につながる」道は容易ではない。いついかなる時でも句作へ意志は強いが、酒を口にすると出口が見えなくなる。

昭和十一年五月十七日　雨、雨、曇、そして晴。

信濃路。――

あるけばかつこういそげばかつこう

（無相庵）

のんびりと尿するそこら草の芽だらけ

浅間をまへにおべんたうは青草の

風かをるしのの《マヽ》国の水のよろしさは

歩々生死、一歩一歩が生であり死である、生死を超越しなければならない。

転身一路、自己の自己となり、自然の自然でなければならない。

自然即自己、自己即自然。

自問自答

ゆうぜんとして生きてゆけるか
しようしようとして死ねるか
どうぢや、どうぢや
山に聴け、水が語るだらう

生の執着があるやうに、死の誘惑もある。生きたいといふ欲求に死にたいといふ希望が代ることもあらう。

五月廿二日「午后、宿のおかみさんに案内されて、しづかなきれいなぎの湯といふのへゆく、なるほど不便なだけしづかで、紙ぎれや綿きれがちらばつてゐない、しかもこ、もやつぱり特有の男女混浴だ、男一人（私に）女五人（二人はダルマ、二人は田舎娘、一人は宿のおかみさんだ）、ぶく〳〵下から湧く、透き通つて底の石が見える。飯途、一杯また一杯、酔つぱらつて、おしやべり、――それもよからうではありませんか！　ぼろ〳〵　どろ〳〵」

五月廿三日「滞在、昨夜の今朝で身心がおだやかでない。一切万事落々漠々。私は何故時々泥酔するのか、泥酔しないではゐられないのか。——私はほんたうにおちついてゐない、いつも内面では動揺してゐる、——それもその原因ではあるが、私は自己忘却を敢てしなければ堪へられないのである、かなしいかな。私はまだ自己脱却に達してゐないのである、泥酔は自己を忘れさせてはくれるが、自己を超越させてはくれない。」

生死を生死すれば生死なし。
煩悩を煩悩せずば煩悩なし。

六月十六日「酒、女、むちやくちやだつた。秋君よ、驚いてはいけない、すまなかつた、かういふ人間として、許してくれたまへ。」六月廿三日「梅雨らしく降る。私は遂に自己を失つた、さうらうとしてどこへ行く。——抱壺君にだけは是非逢ひたい、幸にして澄太君の温情が仙台までの切符を買つてくれた、十時半の汽車に乗る。青い山、青い野、私は慰まない、あゝこの憂欝、この苦脳《マヽ》、——くづれゆく身心。」七月一日「身心頽廃。四時出立、酒田泊。アルコールがなければ生きてゐられないのだ、むりにアルコールなしになれば狂ひさうになるのだ。……」七月五日「永平寺にて。早朝、勤行随喜。終日独坐、無言、反省、自責。酒も煙草もない、アルコールがなければ、ニコチンがなければ、など丶いふも我儘だ。」

七月六日　曇り。

おつとめがすんで、障子をあけはなつと、夜明けの山のみどりがながれこむこ丶ろよさは何ともいへない。

道即事、事即道。

行住座臥の事々物々を外にして、どこに人生があるか、道があるか。

生活とは念々撓まざる行である。

貪らざるなり、偽らざるなり、驕らざるなり。

すなほにしてつ丶ましく、しづかにしてあた丶かく。

愛するなり、敬ふなり、奉るなり。

雨を観、雨を聴く、心浄うして体閑かなり。

五十五才にして五十五年の非を知る、噫、生々死々去々来々また転々。

隠すことなく飾ることなく、媚びることなく。

きどらずに、ごまかさずに、こだはらずに。

無理のない生活、拘泥しない生活、滞らない生活、悔恨のない生活。

おのづから流れて、いつも流れてとゞまらない生き方、水のやうな、雲のやうな、風のやうな生き方。

自他清浄、一切清浄。

だらけきつた身心がひきしまつて、本来の自分にたちかへつたやうな気分になつた。

古往今来、幾多の人間が私とおなじ過失を繰り返し、おなじ苦悩憂悶にもがき、そしておなじ最後のものに向つて急いだであらうか。

一切我今皆懺悔。

（後日、私の懺悔はホンモノでなかつたことを、さらにまた懺悔しなければならない私であつた）

夕の勧行随喜。

独慎、自分で自分を欺くな。

洗へ、洗へ、洗ひ落せ、……垢、よごれ、乞食根性、卑屈、恥知らず、すがりごゝろ、……洗ひ落せ。

夜が更け沈んでも睡れなかつた。

七月八日「朝課諷経に随喜する。新山頭火となれ。身心を正しく持して生きよ。」七月十日「比古さんのお世話になる、何の因縁があつて、私はかうまで比古さんの庇護をうけるのか。性格破産か、自我分裂か。」

七月廿日　晴。

いよ〳〵飯ります、随縁去来だ。

煩悩、煩悩、煩悩即菩提、菩提もなくなれ。

　煩悩を煩悩せずば（い、歌だ！）

　煩悩は煩悩ながら煩悩はなし

空、それは煩悩がなくなつた境地だ。

いや〳〵、菩提に囚はれない境地だ。

執着するなよ！（一部省略）

酒、酒、酒。

澄太君の友情に甘える。

憂欝、哀愁、苦脳《マヽ》はてなし。身辺整理。

●共依存

山頭火は井泉水に話している。酒をやめようと思うがどうしてもやめられない。山頭火自身、酔いたい自分と酔うまいとする自分が火と水とが叫ぶように、神と悪魔とが戦うように噛み合い押し合い啀み合っている。酒席において最も強く自己の矛盾を意識し、自我の分裂、内部の破綻に直面することに気づいている。自己超越できないと苦悩するが飲酒を止められない。アルコール依存者の告白である。依存の心理的背景としては幼少時の母親の自殺による喪失体験がある。

アルコール依存からの回復は断酒を確実に行わねばならない。患者自身が辿ってきた生活を自己点検し依存の病理を理解するとともに、専門家の助けにより自らの生活態度を変えるように努力する。周囲の人たちとの関係も重要である。患者の飲酒への依存欲求を満たしてはならない。患者に迎合していると共依存の関係から逃れられない。

永平寺にて早朝、勤行随喜、終日独座して、無言、反省、自責し、アルコールもニコチンもない生活を送ると心と身体が落ち着く。だらけきった心身がひきしまり本来の自分に立ち返った気分になる。この時期には、山頭火にアルコール離脱による病理症状は出現していない。心身の健康感を一時的に回復したにもかかわらず、同人の友情に甘えて酒、酒、酒となり、憂鬱、哀愁、苦悩の世界に舞い戻る。

Ⅳ　山頭火と芭蕉

煩悩がない空の境地、煩悩に囚われない境地を求めて、友の友情に甘えず執着しない生き方を求めようとするが生活態度は変わらない。井泉水は最後まで「大悟」的なさとりに入りきれなかったが、それだけ「人間」としての苦しみと楽しみを持ち続けた人であると述べている。

山頭火の人生における飲酒の楽しみと懺悔の日々は続く。

昭和十三年九月廿九日「清君によばれて、湯田温泉で、そして小郡で、——N店で、W店で、——どろ〳〵どろ〳〵、前後不覚、たうとう倒れてしまつた！」

十月二日「自分のおろかさをあはれみいたはりつゝ。——いら〳〵するなかれ。」「とうてい、酒はやめられないとすれば、せめて日本酒だけにしよう、焼酎のやうな火酒を飲んで、ろくな事のあつたためしがない、昨夜の場合だつてさうである。」

酔境

自己忘失

自己脱却

自己超越

相対を止揚したる絶対境

十月四日「早起、天地人清澄。—— 五十にして五十年の非を知るといふが、私は六十にして六十年の非、七十にして七十年の非を知る愚人だ！」

自己と他者

自己を害ふだけでなく他己をも傷めることは苦しい。

Ｊ君の審問に答へて

不断の精進

一生の道

歩々新天地

感動なくして制作するなかれ。

ホントウの句は下手でもよろしいが、ウソの句は上手でも駄目。

多作寡作は素質により、その場その時の事情により、慣習によるでせう。

句作より前に詩精神の涵養が大切。

読書、観察、思索。

よい句はよい人からのみ生まれる（よい人とは必ずしも道徳的人物を意味しない）、人間として磨かれ練れてゐなければならない。

作りつゝ味はひつゝ、――制作と鑑賞とは両翼の如し。

句は飽くまで推敲すべし、一句に拘泥するは非。

古池や蛙とびこむ水の音

――蛙とびこむ水の音

――――水の音

――――――音

芭蕉翁は聴覚型の詩人、音の世界

●生命の宿る句

大正四年　井泉水への手紙

私は漸く句を作る時代を通過して句を生む時代に踏みこんだのであります、私は上手に作られた句よりも下手に生れた句を望みます、たとへ句は拙くても自己の生命さへ籠つて居れば、それだけで存在するに足ると信じて居ります、而しさういふ句はなか〳〵出来ません。

山頭火はホントウの句は下手でもよいが感動をもって制作し生命が籠っていれば句に値すると信じて実行してきた。自己の超越、相対を止揚した絶対境を目指そうとしたが、最後まで自分の置かれている境遇にこだわり続けた。芭蕉は聴覚型の詩人であり、音の世界を詠んだと述べているが、山頭火は身体感覚型の詩人であり、日常生活の生身の人間の世界を詠んだ。

V　終焉の地四国へ

昭和十三年、山頭火は大分地方を行乞して同人たちを訪ねながら湯田温泉の仮寓「風来居」に暮らしていた。悟りとは程遠い生活であった。

昭和十三年十月十二日「まさに私の転機だ、私はこゝで転換する、句作の上でも、生活の上でも、私全体の上に於て。愚にかへれ、愚を守れ、愚におちつけ！　今夜は熟睡した、ありがたかつた。」

空の世界――

主観――明鏡止水なり。

客観――生滅流転の相。

無我無心。

空を観ずるのではない、空そのものになる。

意味を持たせすぎる。

語りすぎる。

事象よりも景象を。

景象即心象。

感覚を通して魂の表現。

十月十四日「街へ出かけて買物。――たうとう私は爆発した、十日ぶりに毒気悪気を吐いた、ずゐぶん溜つてゐた。――　雨になり、酔ひしれて戻れないのでW店に泊つた。恥二つ、まへもうしろも恥だつた、何の恥、――恥を恥と感じなければ恥はない、私は恥ぢる、恥を恥として恥ぢないではゐられない、――悲しい矛盾だ、寂しい撞着だ！　あゝ。酒を慎まう、自分から進んで積極的には飲むまい、消極的禁酒ならば私にも可能と思ふ。」

昭和十四年六月廿二日「酒は悪魔か、否、酒は菩薩か、否、酒は酒である、そして時として悪魔、時として菩薩、私次第で。……」七月七日「――身心重苦し、自業自得なり、こゝで転一歩しなければ、私は自滅するより外なし。何よりもアルコールを節すべし（禁ずることはとうてい出来ない）、自己を失はない範囲で酒を楽しむべし。」「文章報国――句作一念の覚悟なくては、私は現代に生きてゐられない。」

八月廿七日「私たちは時勢や環境の影響を受けないではゐられないけれど、私たちは肚の底にがつちりしたものを持つてゐなければならない、時代や周囲に順応しつゝ、そして自分自らの道を進まなければならない。動いて動かない心である。」

無芸無能の私に出来る事は二つ、二つしかない。――

歩くこと（自分の足で）

作ること（自分の句を）

私は流浪する外ないのである、詩人として。

●文章報国

山頭火の生活にも戦争への時代の影響が及びつつあった。行乞流転の旅が許された最後の時代であった。時代に順応して生きねばならない、文章で報国すると覚悟を述べる。

昭和十四年九月、終の棲家となる四国遍路の旅に出る。十一月、道後の藤岡政一居に寄宿。昭和十四年十二月十五日、松山市御幸町の終の棲家「一草庵」に落ち着き同人たちに温かく迎えられる。翌年は紀元二千六百年にあたり東隣の護国神社は新世紀の黎明を迎えて賑わっていた。そこでも大失態をする。

昭和十五年二月十一日「今日も飲みすぎだつた、酒を慎しむべし、己を省みるべし、シヨウチユウよ、さよなら！（消極的に日本酒だけを味ふべし）落ちついて雨ふる、雨ふりて落ちつく。……　徹夜執筆。――」。

山頭火が自己反省した理由が「帰郷で不快事」に紹介されている。突然、藤岡の勤務先である松山郵便局を酔っ払って訪れた。

すぐ下りて行くと彼は赤い顔をして、少し酒手を――という、一円札を二枚渡すと有難うと小声で言うとさつさと帰つていつた。何回もつづいたのち、あるとき、グデングデンに酔つた彼は小使室の木炭箱の上に、前をはだけて膝を組み、おまけに鉢巻きを締め両手をこのようにゆらゆらさせながら、藤岡さーんしなだれかかるような真似をした。みんなの手前怒鳴りつけた。そのざまは何事か出直して来い。

酔いが覚めると大真面目に反省する。

二月十三日「藤君へ手紙をやつと出した、ほつと冷汗を流した、書きたくない、しかも書かなければならない手紙だつた！　散歩がてらポストまで出かけた、買物いろ〳〵。一杯機嫌でうたゝ寝してしまつた、眼が覚めたらもう夕方だつた、道後へ出かけて理髪入浴、一洵炊居へまはつて戻る、身心何となく不調、今日は今夜はなまけてしまつた。」二月十五日「毎日、友情につゝまれて、ほんにあたたかだ！　ゆつくり晩酌、冷酒を呷らぬこと。このごろ、よく物忘れする、老はおのづからあらはれる。」「今日明日（旧正月八日九日）は有名な椿祭で街は人出が多い、春らしい風景だ。松山のやうなよい場所で、そしてこんなによい知友があつて、よくなれない私なら。――山頭火と酒と俳句は三位一体らしい！」。

八月十四日、久保白船への最後のハガキ

私は相かはらず、頑健すぎて困ります、そして私流の新生活体制を整備してをります、いはば、まあ、のんべい体制ですね。

　とろとろしたたるものが炎天のまぼろし（禁酒の日）

お笑ひ下さい、どうぞ残暑きびしい折柄御大切に、そのうちまた。山頭火

白船の奥さんが、「あの酒の上の酒さへのまぬ山頭火さんだったら、ほんとに好え山頭火さんですが、お手紙がほんたうなら、ほめて上げねばね」という冗談に対して、白船は「酒のない山頭火はさびしい、山頭火から酒をとりあげることは、子供からお菓子をとりあげるのと同じである」と返事した。

●のんべえ体制

山頭火は孤独に耐えられなかった。自我の冷たさを貫くこともできなかった。山頭火は甘え、人の温かさを求めた。終生「のんべえ体制」から抜け出すことはできなかった。

孤独の寂しさに堪へなければならない。自我の冷たさを抑へなければならない。そこを掘り下げて、その底から滲み出る醍醐味を嘗めなければならない。

（「燃ゆる心」大正五年）

酒精中毒にまでならなければ、酒の真味が解せられないとすれば、酒を飲むといふこ

とでさへも容易ではない。　　（「燃ゆる心」（三）大正五年）

酔ふた酒に罪はない。酔はない酒に毒がある。　　（「白刃」大正五年）

Ⅵ　ころり往生を念願

山頭火の胸中にはいつもころり往生への思いが秘められていた。

昭和五年十月十一日　志布志町行乞の日記

「夕べ、一杯機嫌で海辺を散歩する、やつぱり寂しい、寂しいのが本当だらう。行乞してゐる私に向つて、若い巡査曰く、托鉢なら托鉢のやうに正々堂々とやりたまへ、私は思ふ、これでずゐぶん正々堂々と行乞してゐるのだが。」「隣室に行商の支那人五人組が来たので、相客二人増しとなる、どれもこれもアル中毒者だ（私もその一人であることに間違ひない）、朝から飲んでゐる（飲むといへばこの地方では諸焼酎の外の何物でもない）、彼等は彼等にふさはしい人生観を持つてゐる、体験の宗教とでもいはうか。」「コロリ往生――脳溢血乃至心臓麻痺でくたばる事だ――のありがたさ、望ましさを語つたり語られたりする。」

昭和十年十二月から八ヵ月間の長い行乞を終え其中庵に帰る。昭和十二年第五句集「柿の葉」を刊行。昭和十二年から十三年にかけて近在を行乞して比較的平穏な生活を送っていたが、ころり往生への思いが綴られている。

昭和十三年十月六日「暗欝、死がのぞいて来る。…… あまりに暗いしづけさだ。私は完全に世間学校の落第生だ、人間学校から遂に放逐された。…… 酔へば悲しく、酔はないでも悲しく、私も人も。身のまはりを見わたして、私は堪へきれなくなる。」

二つの宿願

生きてゐる間は感情をいつはらないこと。

わがまゝといへばそれまでだが、私は願ふ。

いやな人から遠ざかつて、好きなことだけしたいのである。

死ぬるときはころりと死にたい、それには脳溢血がいちばんよろしい。

酔中の思考や行動がいつものそれと相違するといふことは、自分の平常の生活に嘘偽——不自然があるからではないか。

年寄の物忘れはむしろ恩恵だ、忘れたいのに忘れられないことがどんなに多いことか！

昭和十四年九月二日

（私の述懐一節）

——私はその日その日の生活にも困つてゐる、食ふや食はずで昨日今日を送り迎へてゐる、多分明日も、いや、死ぬるまでさうであらう、だが私は毎日毎夜句を作つてゐる。腹は空つてゐても句は出来るのである、水の流れるやうに句心は湧いて溢れるのだ、私にあつては、生きるとは句作することである。句作即生活だ。

——私の念願は二つ、たゞ二つある、ほんたうの自分の句を作りあげることがその一つ、そして他の一つはころり往生である、病んでも長く苦しまないで、あれこれと厄介をかけないで、めでたい死を遂げたいのである（私は心臓麻痺か脳溢血で無造作に往生すると信じてゐる）。

——私はいつ死んでもよい、いつ死んでも悔いない心がまへを持ちつゞけてゐる。

——無能無才、小心にして放縦、怠惰にして正直、あらゆる矛盾を蔵してゐる私は、恥づかしいけれど、かうなるより外なかつたであらう。

――意思の弱さ、酒の強さ――ああこれが私の致命傷だ！

その述懐通りころり往生を遂げた。仲間たちの追悼句を添えて死亡通知葉書が出された。

種田山頭火法師十月十一日未明松山一草庵において脳溢血にて大往生いたしました

つゝしんでお通知申し上げます

松山市御幸寺一草庵　柿の会

Ⅶ　ころり往生に至る精神病理

日記（昭和十五年八月三日～十月八日）に基づき昭和十五年九月一日から十月十一日の大往生に至る精神病理について時系列を追って検討する。特に十月七日から絶筆となった十月八日以後、死に至る経過については、高橋一洵「山頭火和尚の前後―なにやかや日記」を参考にする。一洵は松山高商教授である。

1．「アル中の徴候がだんだん現れてきよる」

九月一日「終日終夜謹慎、身心安定して熟睡することが出来た。」「私の覚悟——節酒断行、借金厳禁、二食実践。」「省察が行持となつて発現しなければならない。」九月二日「俳句作家の覚書、——　色心不二、物心一如の心境。—即物即心。随縁随喜の心境、——あるがままをうたへ。」「夜、百足に二回も螫された。」九月三日「友よ、ありがたう、すぐ街へ出かける、買物いろ〳〵、ひつかけひつかけて！」九月四日「やゝ宿酔気味、省るべし、慎むべし。」「馬鹿、馬鹿、馬鹿野郎！　自ら罵りつきない、あゝ」九月五日「郵便局まで出かけた、そして、あゝあゝになつた。」九月六日「謹慎、道後入浴。今日こそ酒に勝つた、自己を克服した、萬歳。」九月七日「身心沈欝、自責の念堪へがたし、自粛の実行によつてのみ私は救はれる、最初に、そして最後まで酒を克服せよ、頃日来の醜態はたゞ酒ゆえではないか。」九月八日「うつ〳〵として自己検討。——どこへ行く、何をする、どうしようといふのだ、どうしなければならないのか、どうせずにはゐられないのか、——飽くまで徹底検討せよ。」九月九日「さびしさにたへきれないので一洵居を訪ふ、それから布佐女を訪ふ。それからが悪かつた、ぼろ〳〵だつた、どろ〳〵だつた。」

九月十日「雨―風、臥床、反省、懊悩、懺悔。」九月十一日「今日も頭があがらない、からだが悪いといふよりも気がとがめて。」九月十二日「道後まで出かける、文字通りの一浴一杯。」九月十三日「四日ぶりに起床、自粛自戒、身辺整理、身心や、軽快なり。」九月十四日「夜中の一時ごろ眼が覚めたので、読書、選句、執筆する、そして五時ごろ、うと〳〵してゐるうちに、いやな夢を見た、夢を見ることはわるくないけれど、いやな夢を見るやうでは困る。」「自尊心を持て、私は私だけの私ではないぞ。」「寝床から月を見る、――私にめぐまれたよろこびである。」

九月十五日（日記の文字が乱れる）「沈欝、身心の鈍重を覚える。朝食抜き、ひよろ〳〵のおもひ。」「何となく腹立たしい日なり、死の誘惑に敗けさうな日なり。」「腹加減よろしからず、早々蚊帳の中で考へてゐる、まんまるい月が射しこむ、地獄の底の極楽か。……月が雲にかくれたりあらはれたり、私も悲しんだり微笑んだり、いつしか眠つた。」九月十六日「仲秋名月」「一杯やりたいなあ！　これは自然だ、私の真実だ！」「旅情といふか、郷愁といふか、とにかく私は――今夜の山頭火はさびしかつた、芋を食べた、芋は芋だが、じやが芋だつた。――　いつまでも睡れないので――隣りの時計は一時を知らせたのにどうしても睡れないので、『おくのほそ道の記』を読みつゞけた。明け方になつて、やつと、とろ〳〵としたら妙な夢を見た、亡弟新婚を訪ねたことなど。……」九月十七日「ぽろぽろ冷や飯ぼろぼろ秋寒　これは今朝の実感である、実情は偽れない、そこにこそ句の尊さがあるといふものぞ。」「私が若しも――若しもだが――酒をやめることが出来たら私はどんなにかやすらかになるだらう、第一、物質的に助かる、食ふや食はずのその日ぐらしから救はれる、赤字のなやみ、借金のせつなさがうすらぎ、つまらない苦労がなくなる、――だが、私には禁酒の自信が持てない、酒を飲むことが、私にあつては、生きてゐることのうるほいだから！　アル中の徴候がだん〳〵現れてきよる、ああ。」「おゝ何とデカい胃袋、さういふ胃袋の持主――私といふ無能力老人は不幸（あたりまへだけれど）である。」「ひしひしと迫るもの、あゝ私は生きてゐられないのだ！」九月十八日「いつとなく火鉢をしたしく感ずる気分になつて来た、秋の心ともいふべきもの、一つのあらはれである。」「快食快眠、うらむらくは快便ならず、（痔がやぶれてゐるから！）――夢を見た、いやらしい夢だつた、かへりみて恥づかしい夢だつた、聖人夢なしといふ、せめてかういふ夢を見ないやうにありたい。」

九月十九日「自然と不自然との混合体――それを私自身の中に発見する、たとへば私の孤独に於て。ほんたうの俳句――俳句らしい俳句ではない――俳句の中の俳句。」「十日ぶりに街へ出かけたのだが、すこしうるさく感じた。そしてつく〴〵視力の弱つたことも感じた、栄養不良のためだらう、いや、ガソリンが切れたせいだらう！」「私もとかく物忘れするやうになり、よく物を間違へる、老いぼれたらしい、年はとりたくないものだとしみ〴〵思ふ。」九月廿日「身心清澄、ちかごろはよくねむれるのがうれしい。」「おちつけば、おちつくほどさびしいとは、――晴れてまた寂し。」「三食泥酔から二食微酔へ転向。」「小遣を借りる。七十六銭　外米二升（闇にあらずといへども）十七銭　焼酎半杯　六銭　醤油一合。」

九月廿一日「早起、ちかごろよくねむれるやうになつて、朝はことに快適なり。」「めづらしく宵寝、いろ〳〵の夢を見た、とき〴〵眼が覚めて、孤独のおもひが澄みわたつた、身に迫つてちんちろりん、虫もさびしいのだらう！」。九月廿二日「郵便が来て――抱壺の訃を通知されて、驚いたことは驚いたけれど、それは予期しないではない悲報であつた、あゝ抱壺君、君は水仙のやうな人であつた。」「私はひとりしづかに焼香し読経した。――　山野逍遥、哀悼のおもひは果てなし、句がたくさん落ちてゐた。身心沈静、無門関第十一則十二則。」「ほとんど徹夜で句作推敲した。今夜もまた百足を殺した、いやな気がした、仕方ないけど。」九月廿三日「うれしや、健から着信、（期待した金高でなかつたのを物足らなく思ふとは何といふ罰あたりだらう！）」「和尚さんと話した、無水君和蕾君と話した、おでんやのおかみさんとも、めしやのおぢいさんとも話した、……闇取引の話、飲食店反則の話、のんべいの話、等々々。（日本酒に限る！）酒はうまい、ほんたうにうまい、うますぎる！　猫に小判を与へることは与へられた猫の無智よりも与へた人間の愚を示すのである。」九月廿四日「まづ借金を整理すること、そのためには酒を慎しまなければならない、禁酒は不可能でも節酒は可能だ。」「めづらしく胃腸のぐあいがよろしくない、きのふのけふだからあたりまへなのだが。」「まづ焼酎を厳禁す、焼酎はうまくない、たゞ酔ふのみなり、心理的にも生理的にも有害なり、焼酎は私にはほんに悪魔なり。雨傘がないからお寺の傘を借りて郵便局へ出かける、ちよつと一杯ひつかけたり！　さらにまたポストへ、また一杯ぐうつとひつかけました！」「K屋のおかみさん來庵、すまなかつた、梯子酒のあとくされである。今日は純日本米、昨日は純支那米、明日は。――」

（九月二十五日から十月一日までの記録はない）

十月一日曇、時々小雨　（文字が大きく乱れる）

興亜奉公日、国勢調査日、防空綜合訓練第一日。陰暦の九月朔日。早起、護国神社参拝、自粛自戒。身のまはりを整理する。いつ死んでもよいやうに。――　おちついてしづかに読書する。いつのまにやら風邪をひいたらしく、咳が出て洟水が落ちて困る。去年の今日だ、松山へ渡つて来て、そして一洵老に初見参したことは忘れてゐない、忘れてなるものか、もう一年になる、早いといふよりあはたゞしい歳月ではあつた。門外不出、誰にも会はず、一文も費はず、ひたすら謹慎する。風邪心地なので早寝、うと〱眠りつゞけた。

●アルコール依存に伴う心身不調

山頭火の酒についての語録のように、最晩年に至っても酒をめぐる反省、懊悩、懺悔、自粛、自戒が続く。九月初めの頃は「ひつかけひつかけて！」「あゝあゝになつた」「頃日頃の醜態」「ぼろ〲だった、どろ〲だった」という日々が続くが、十三日以降は「夜中に眼が覚めて、五時ごろ、うと〱して、いやな夢を見た」「沈欝、身心の鈍重を覚える。ひよろ〱のおもひ」「腹加減よろしからず」「いつまでも睡れない、明け方になつて、とろ〳〵としたら妙な夢を見た」「すこしうるさく感じた。つく〴〵視力の弱つたことも感じた、ガソリンが切れたせいだらう！」「ともかく物忘れするやうになり、よく物を間違える、老いぼれたらしい」、廿三日には息子からの着信もあり「酒はうまい、ほんとうにうまい、うますぎる！」となる。翌日には「めづらしく胃腸のぐあいがよろしくない」が、「まづ焼酎を厳禁す、焼酎はうまくない」というものの、外出をきっかけに「ちよつと一杯ひつかけたり！また一杯ひつかけました！」「梯子酒のあとくされ」となる。

九月二十五日以降の記録はなく、十月一日に日記の文字が大きく乱れていることから、心身の不調は続いていたと思われる。死を意識して身のまはりを整理する。風邪をひいたのか咳が出て洟水に困っている。門外不出して謹慎する。風邪心地のため か早寝しようとうと眠り続けた。

胃腸の具合が悪く、風邪気味であり、心身の鈍重を覚えている。感覚機能では視力が衰え、認知機能では物忘れを自覚し、物を間違える。書字も大きく乱れている。死を意識して抑うつ的である。睡眠覚醒リズムが乱れ熟睡できず妙な夢を見て目覚める。山頭火自ら「アル中の徴候がだん〴〵現れてきよる」と記しているように、アルコール飲酒による心身不調であり、アルコール性健忘症候群も認められる。

●脚気の既往

アルコール依存による身体症状としてビタミンB_1欠乏によって起こる脚気が有名である。多発神経炎による四肢のしびれ、知覚低下がみられ、進行すると歩行困難となる。

昭和五年九月十七日「今にも降り出しさうな空模様である、宿が落着いてゐるので滞在しようかとも思ふたが、金の余裕もないし、また、ゆつくりすることはよくないので、八時の汽車で吉松まで行く（六年前に加久藤越したことがあるが、こんどは脚気で、とてもそんな元気はない）、二時間ばかり行乞、二里歩いて京町、また二時間ばかり行乞、街はづれの此宿に泊る、豆腐屋で、おかみさんがとてもい、姑さんだ。」九月廿八日「今日はしつかり労れた、六里位しか歩かないのだが、脚気がまた昂じて、足が動かなくなつてしまつた、暮れて灯されてから宿に帰りついた、すぐ一風呂浴びて一杯やつて寝る。」

六年前は脚気の症状を自覚しなかったが、その後、脚気に悩まされる。

昭和七年一月七日「雨は降るし、足は痛いし（どうも脚気らしい）、勧められるま丶に休養する、遊んでゐて、食べさせていたゞいて、しかも酒まで飲んでは、ほんたうに勿躰ないことだ。」

松のお寺のしぐれとなつて

遠く近く波音のしぐれてくる

一月九日　曇、小雪、冷たい、四里、鐘ケ崎、石橋屋

とにかく右脚の関節が痛い、神経痛らしい、嫌々で行乞、雪、風、不景気、それでも食べて泊るだけはいたゞきました。（一部省略）

暮れて松風の宿に草鞋ぬぐ

昨夜はちゞこまつて寝たが、今夜はのび〲と手足を伸ばすことが出来た、『蒲団短かく夜は長し』。此頃また朝魔羅が立つやうになつた、『朝、チンポの立たないやうなものに金を貸すな』、これも名言だ。

人生五十年、その五十年の回顧、長いやうで短かく、短かいやうで長かつた、死にたくても死ねなかつた、アルコールの奴隷でもあり、悔恨の連続でもあつた、そして今は！

二月三日　勿体ないお天気、歩けば汗ばむほどのあたゝかさ。

「だいぶ気分が軽くなつて行乞しながら諫早へ三里、また行乞、何だか嫌になつて――声も出ないし、足も痛いので――汽車で電車で十返花さんのところまで飛んで来た、来てよかつた、心からの歓待にのび〳〵とした。

よく飲んでよく話した、留置の郵便物はうれしかつた、殊に俊和尚の贈物はありがたかつた（利休帽、襌、財布、どれも俊和尚の温情そのものだつた）。」

四月五日　花曇り、だん〳〵晴れてくる、心も重く足も重い、やうやく二里ほど歩いて二時間ばかり行乞する、そしてあんまり早いけれどこゝに泊る、松原の一軒家だ、屋号も松原屋、まだ電燈もついてゐない、しかし何となく野性的な親しみがある

自省一句か、自嘲一句か

もう飲むまいカタミの酒杯を撫でてゐる（改作）

四月十三日　晴、行程二里、前原町、東屋

「今朝はおかしかつた、といふのは朝魔羅が立つてゐるのである、山頭火老いてます〳〵壮なり、か！」

「たゞ不便なのは酒屋が遠いことだ、三里はないけれど十丁位はある、それをわざ〳〵一合買ひに行くのだから、ほんたうに酒飲は浮ばれない（もつとも此場合の酒は古

機械にさす油みたいなものだが)。

酒については、昨日、或る友にこんな手紙を書いた。――

……酒はつゝしんでをりますが、さて、つゝしんでも、つゝしんでもつゝしみきれないのが酒ですね、酒はやつぱり溜息ですよ(青春時代には涙ですが、年をとれば)、しかし、ひそかに洩らす溜息だから、御心配には及びません。……」

●捨て鉢諧謔

脚気の症状に悩まされながらも山頭火は元気である。脚気が昂じて足が動かなくなっても宿に帰って一風呂浴びて一杯やると元気になる。朝魔羅が立ち「山頭火老いてますく壮なり」『蒲団短く夜は長し』『朝、チンポの立たないやうなものに金を貸すな』と名言を吐く。諧謔は山頭火の多血質に由来する面もあるがアルコール依存でもよく見られ捨て鉢諧謔と呼ばれる。不安と多幸が混じった状態で絶望していながら冗談を飛ばす。

2.「犬から功徳を受ける」

昭和十五年十月二日　曇、百舌鳥啼きしきり、どうやら晴れそうな。

早起したけど、頭おもく胸くるしく食慾す、まず、ぼんやりしてゐる。むしろ私としては病痾礼讃、物みな我れによからざるなしである。ちよつとポストまで、途中習慣的にいつもの酒屋で一杯ひつかけたが、つい〳〵二杯となり三杯となり、とう〳〵一洵老の奥さんから汽車賃を借りだして、今治へとんだ、……電話したら清水さんがしんせつにも仕事を遣り繰つて来てくれた、御馳走になつた、ずゐぶん飲んだ、（F館の料理には好感が持てた。）何しろ防空訓練で、みんな忙しくて、誰も落ちついてゐないから、またの日を約して十時の汽車で上り下り別れて帰つた、帰途の暗かつたこと、闇を踏んで辿るほかなかつた、そしてアル中のみじめさをいやといふほど感じさせられたのである、……Sさんありがたう、小遣いを貰つたばかりでなく、お土産まで頂戴した。

帰庵したのは二時に近かつた、あれこれかたづけて寝床にはいつたのは三時ごろだつたらう。

犬から貰ふ――この夜どこからともなくついて来た犬、その犬が大きい餅をくはえて居つた、犬から餅の御馳走になつた。

ワン公よ有難う、白いワン公よ、あまりは、これもどこからともなく出てきた白い猫に供養した。
最初の、そして最後の功徳！　犬から頂戴するとは！

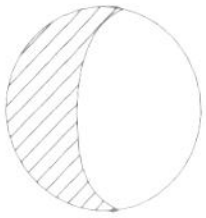

餅屋の餅
直径五寸位
色や、黒く

●振戦せん妄の発症

遠出して深酒し、深夜に闇を踏んで帰宅、三時頃寝床に入って有名な「犬から貰う体験」をする。闇夜にどこからともなく「白いワン公」が「大きな餅をくはえて」現れる。それをご馳走になり、「白い猫」にも分け与えた。一日の出来事について時系列を追って記載していたのが、ここに至って突然、視覚幻覚エピソードの披露となる。

振戦せん妄はアルコールの過飲の期間中に発症する。禁酒、身体的衰弱により飲酒できなくなった場合にも生じる。不眠、夜間に覚醒した場合に出現する。せん妄は意識変容した状態であり運動不安、手指の振戦とともに、意識、注意、思考判断などの認知、知覚面にも変化が現れる。周囲を明瞭に認識できず抽象的な思考ができなくなり、視覚的な錯覚、幻覚が現れる。視覚性幻覚は安定した形で出現する。意識混濁の程度は軽度から中等度まで変動する。せん妄の発生条件としては、年齢、発熱、栄養状態、アルコール、脳血管障害などが知られている。せん妄を促進する因子として睡眠覚醒リズムの障害がある。孤独な環境は発症を促進する。山頭火の場合これらの準備条件を満たしている。節酒、禁酒を繰り返しながら大量飲酒に続いて生じている。

振戦せん妄では幻覚と運動不安が中心症状であり、幻覚のなかでは幻視が主である。幻視の特徴は小動物視と情景的幻視である。多数の蜘蛛、蟻、蛆虫、蚊、鼠、蛇などの小動物がうごめいて見える。犬、猫が見えることもめずらしくない。幻視の情景は現実感が強く鮮明である。ヨーロッパの有名な精神医学の教科書に一匹の黒い犬が患者の早朝の散歩に毎回ついてくる例が報告されている。幻視は患者を驚かせるが、一先ずはそのものとして受け入れられる。

暗闇を辿りつつ「アル中のみじめさをいやといふほど感じさせられた」にもかかわらず、「白いワン公」が餅をくわえて現れるという視覚幻覚を体験してから、山頭火は急に生き生きとして活動的になる。犬からもらった餅を食べ、新たに登場してきた「白い猫」に分け与える。暗闇にもかかわらず、山頭火は昼間のように活動している。餅はその由来、色調、寸法、欠けているところまで記載している。不安や恐怖がよく見られるが、上機嫌になることもある。山頭火の気分は最高潮になり、「最後の功徳！　犬から頂戴するとは！」と感激しきりである。

3. 犬についての句

室戸の宿を出て西に行乞していた昭和十四年十一月七日犬二題と題する文章がある。

犬二題

四国の犬で遍路に吠えたてるとは認識不足だ、犬の敵性。
昨日は犬に咬みつかれて考へさせられ、今日は犬になつかれて困つた、どちらも似たやうな茶色の子犬だつたが。

〝しぐるるや犬と向き合つてゐる〟

同じ日に、次の句もある。

途上即事

ついてくる犬よおまへも宿なしか

山頭火と犬とは特別に相性が良かったわけでもない。ここでは時雨れるなかで犬と向き合っている孤独な心境が伝わってくる。

4．せん妄翌日

十月三日　雨—曇。

「少々昼寝、何しろ労かれたことである、風邪気分。昨日の私とSさんとの会談を考へると、うれしくもあり恥づかしくもある、懺悔々々、感謝々々。和尚さんに返金し、米代を払ひ、一洵老の奥さんに返金し、麦を買ふ、それから二三杯あほる、すつかり酔つた、酔つたことは酔つたが、酔ひつぶれはしなかつた。」

「私の不幸は私が頑健でありすぎることから生じると思ふ。」

十月四日　日本晴、申分のないお天気だつた。

「感冒解消、めでたくもあり、めでたくもなし、といふところ。」「先日来、だいぶだらしがなかつた、今日は酒を慎しみ気持をひきしめて勉強した、善哉、々々。」

十月五日　快晴　まつたく快晴である。

「午前中は引き籠つて読書、午後は久しぶりに道後へ、鬚を剃り垢を落してさつぱりした、いつも一浴一杯だが、今日は一浴だけで一杯は遠慮した。至るところがお祭前の風景、子供がさわぎまはつてゐる。お祭でも私にはお祭はない、小遣があつて気分のよい日はいつでも私のお祭である、私の食卓のまづしさは、お祭に於て、かへつてまづしさを増すのである！　松茸が安くなつた、まだ出盛りではないけれど、下物四十銭、上物八十銭になつた。焼松茸で一杯やりたいなあ！　ゆふべ散歩して、しみぐ〳〵したの《マヽ》もの、そして何となしにさむぐ〳〵したものを感じた、――帰庵すると御飯を野良猫に食べられてゐた。夜は防空訓練がすんだのでおちつけるとよろこんでゐたら、ぬくいので藪蚊が来襲してさんぐ〳〵だつた、――でも更けて冷えてきてからはゆつくり読み書きが出来た。」

●小康状態

発症した翌日は「何しろ労かれた」状態であり、「ゆふべ散歩して、しみぐ〳〵したのもの、そして何となしにさむぐ〳〵したものを感じた」が禁酒と飲酒を繰り返し「懺悔々々、感謝々々」である。

5. 日付の重複

十月六日　晴、曇。

今日明日は松山地方の秋祭。和尚さんの温言——お祭りのお小遣が足りないやうなら少々持ち合わせてゐますから御遠慮なく——とわざ〳〵いつて来られたのである、——温情、身に滲む温情、あ、ありがたしともありがたし。

——忘れる《マヽ》せぬ、昨年十二月十五日一洵老に連れられて此度新居へ移つて来た御幸山麓御幸寺境内の隠宅、——高台で閑静で家も土地も清らかであり市街や山野の遠望も佳い、——殊に和尚さんにその人を得た、たゝ《マヽ》感謝あるばかりである。

澄太が一草庵と名つけてくれた、一木一草と雖も宇宙の生命を受けてひたすらに感謝の生活をつゞけてゐる、感謝の生活をしろよとは澄太の心であつたのであらう。

一草庵—狭間の六畳一室、四畳半一室、厨房も便所もほとよくしてある。水は前の方十間ばかりのところに汲場ポンプがある、水質は悪くない、焚物は裏から勝手に採るがよろしい、東に北向だから、まともに太陽が昇る、——此の頃は少し右に偏つてはゐるが、——月見には申分がない。

東隣は新築の護国神社、西隣は古刹龍泰寺、松山銀座へ七丁位、道後温泉へは数丁、どんぐり庵へは四丁——友人はみな親切、——すべての点に於て私の分には過ぎたる栖家である、私は感泣して、すなほに慎ましく私の寝床をこゝに定めてから既に一年にならうとしてゐる、——それに、それに。——感じた、……帰庵すると御飯を野良猫に食べられてゐた。夜は防空訓練がすんだので落ちつけるとよろこんでゐたら、ぬくいので藪蚊が来襲してさん〴〵だつた、でも更けて冷えてきてからはゆつくり読み書きができた。

十月六日　晴—曇。

今日明日は松山地方の秋祭。和尚さんの温言——お祭のお小遣が足りないやうなら少々持ち合わせてゐますから御遠慮なく、とわざ〳〵いつて来られたのである、——温情、あゝありがたしありがたし、——人には甘えないつもりだけれど、いづれまた、すみませんが、——とお願ひすることだらう、あゝあゝ。けさは猫の食べのこしを食べた、先夜の犬のことをもあはせて雑文一篇を書かうと思ふ、いくら《マヽ》でも稿料が貰へたら、ワン公にもニヤン子にも奢つてやらう、むろん私も飲むよ！

十月七日　曇のち晴。

早朝護国神社参拝、感謝慎しみの心が湧く。感謝！感謝！感謝は誠であり信である、国への感謝、国に尽くした人、尽くしつゝある人、尽くすであらう因縁を持つて生れ出る人への感謝、母への感謝、我子への感謝、友人への感謝、宇宙霊への―仏―への感謝。一洵が師匠の空覚聖尼からしみ〴〵と教へられたといふ感謝、懺悔、精進の生活道は平凡ではあるがそれは慥かに人の本道であるとつく〴〵思ふ、この三道は所詮一つだ、懺悔があれば必ずそこに感謝があり精進があれば必ずそこに感謝がある筈だ、感謝は慥悔と精進の娘である、私は此の娘を大切に心に育くんで行かなければならぬ、そして感謝の心で死んでゆきたい、その感謝――誠の心から生れた芸術であり句でなければ本当に人を動かすことはできないであらう。澄太や一洵にゆつたりとした落ちつきと、うつとりとしたうるほひが見えて居て何か知ら人を動かす力があるのは此の心があるからだと思ふ。感じた、……帰庵すると御飯を野良猫に食べられてゐた。夜は防空訓練がすんだので落ちつけるとよろこんでゐたら、ぬくいので藪蚊が来襲してさん〴〵だつた、でも更けて冷えてきてからはゆつくり読み書きが出来た。

十月六日　晴、曇。

今日明日は松山地方の秋祭。和尚さんの温言――お祭りのお小遣が足りないやうなら少々持ち合わせてゐますから御遠慮なく――とわざ〴〵いつて来られたのである、――温情、あゝありがたしともありがたし、昨年一洵老に連れられて此処新居へ移つて来た、御幸山麓御幸寺境内の隠宅――高台で閑静で家も土地も清らかであり市街や山野の遠望も佳い――が殊に和尚さんにその人を得た。たゞ感謝あるばかりである。澄太が一草庵と名づけてくれた、一木一草と雖も宇宙の生命を受けて感謝の生活をつづけてゐる、感謝の生活をしろよとは澄太の心であつたのであらう。一草庵―狭間の六畳一室、四畳半一室、厨房も便所もほどよくしてある、水は前の方十間ばかりのところに汲場ポンプがある、水質は悪くない、焚物は裏から勝手に採るがよろしい、東に北向だからまともに太陽が昇る、（此頃は右に偏つてはゐるが）月見には申分がない。東隣は新築の護国神社、西隣は古刹龍泰寺、松山銀座へ七丁位、道後温泉へは数丁、一洵どんぐり庵へは四丁、友人もみな、親切――、すべての点に於て私の分には過ぎたる栖家である、私は感謝して、すなほにつゝましく私の寝床をこゝに定めてから既に一年になろ《マヽ》うとしてゐる、それに〳〵に……。感謝の生活、私は本当にそれを思ふ。

十月七日　曇―晴。

早朝和尚さんに逢ふ、――昨日はどうでした、お祭りのお小遣はありますかと言ふてくれた――勿体なし勿体なし、人には甘えないつもりだけれど、いづれまたすみませんが――とお願ひすることだらう、あ、あ、。けさは猫の食べのこしを食べた、先夜の犬のことをもあはせて雑文一篇書かうと思ふ、いくらでも稿料が貰へたら、ワン公にもニヤン子にも奢つてやらう、むろん私も飲むよ！

犬から餅の御馳走になつた話、――

●記憶の錯誤・見当識障害

山頭火日記編集部の注釈によれば、十月六日、七日の日記は日付と内容がそれぞれ三回、二回と重複して混乱しているが、日付を誤ったのではなく書いても書いても意に満たぬ感じがするまま繰り返し書かれたものとされている。ここでの日付の混乱は精神医学的にはせん妄による記憶の錯誤、時間の見当識障害である。

体験内容を検討すると、六日と七日には共通して「天候」「秋祭り」「和尚さんからの温言」という内容が見られる。これらの表現は客観的なものであり首尾一貫しているが、そこに前後の脈略なく、「……帰庵すると御飯を野良猫にたべられてゐた」という体験が挿入される。六日の別の記述では、「けさは猫の食べのこしを食べた、先夜の犬のことをもあはせて雑文一篇書こうと思ふ、いくらでも稿料が貰へたら、ワン公にもニヤン子にも奢ってやらう、むろん私も飲むよ！　犬から餅の御馳走になった話、――」と幻覚体験が記述される。疎通性は良好な状況から不良な状況までさまざまであるが、山頭火の場合疎通性は良く保たれている。せん妄は通常一、二週間でおさまるが、二ヵ月以上続くこともめずらしくない。

せん妄の発症は脳の病態に基づくが体験内容については個人の実存の在り方が反映される。記憶が混乱するなかで「書いても書いても意に満たぬ感じがするまま、繰り返し書いたもの」とする判断も誤っていないであろう。「和尚さん」「一草庵と名づけてくれた澄太」「一木一草と雖も宇宙の生命を受けているることへの感謝」「私の分には過ぎたる栖家」「私は感謝して、すなほにつゝましく私の寝床をこゝに定めてから既に一年にならうとしてゐる、それに〳〵……。感謝の生活、私は本当にそれを思ふ」気持ちは一貫している。

6. 十月七日（火）の山頭火の言動

高橋一洵「山頭火和尚の前後―なにやかや日記」

十月七日（火）

夕食をすませて、ほっとしてゐた頃山翁が見えた。晩めしをおやりんかいなもしと言ったら、いや今日は食べたうないと首を振った。そして手と足との白い繃帯を見せて――のんた、おととひの夜のこと、あまり酔ってゐなかったのに或る家の前で倒れて、すうっと体が浮く様に思ったかと思ふとそのまゝ意識がなくなった。ふと「先生」といふ声がきこえるもんね。目ざめて見ると何時か小松の香園寺で一緒になった土岐坤君ぢゃ。あれは親切な学生ぢゃ。こんなに繃帯してやさしう介抱してくれた。厚く御礼を言ふといてくれんかいの。その家に倒れてその家が分らんのぢゃが――それをお願いに来たと言うた。

ところで、のんた、「ふすま」に貼りたいのぢゃが字を書いてくれんかいの――と障子紙を出せば、うむ書かうと早速さらさらと書いて呉れた。

三日月落ちかかる城山の城
御飯の白さ胡麻塩ふりかけていただく
掃くほどに散るほどに秋深く
遠ざかるうしろ姿の夕焼けて

――成る程一寸淋しい句だがいゝ句ぢゃねと言へば、いゝや、まだ未定稿だ。未完成もいいよと歯のない口をあけて笑った。それから例になく横になって、とろ〳〵と夢みてゐるかの様であった。今夜は泊って行かんかいのと言ったら――いや一寸千枝女さんの家へ行って見よう。十日の句会は忘れちゃゐまいのう――そう念を押してすた〳〵と出て行った。

●失神発作

山頭火が六日と七日に共通して記述した「……帰庵すると御飯を野良猫にたべられてゐた」に見られる訪問先は一洵宅であった。一洵に望まれて障子紙にさらさらと句を書いたことは健忘となっている。ただ高橋一洵への情緒的つながりは強く心に残っており、「――友人はみな親切、――すべての点に於て私の分には過ぎたる栖家である、私は感泣して、すなほに慎ましく私の寝床をこゝに定めてから既に一年にならうとしてゐる、――それに、それに。――感じた」と感謝の気持ちを表している。「感泣して」と表現しているが、これはせん妄による感情失禁の影響であろう。

「おとといの夜」とは十月五日にあたるが、あまり酔っていないのに倒れて「すうっと体が浮く様に思ったかと思ふとそのまゝ意識がなくなった」。「先生」という声で気がついて、親切な学生に介抱してもらっている。ところが十月五日の日記には道後へ出かけて一浴「一杯は遠慮した」が「焼松茸で一杯やりたいなあ！」と口にしており、その後、飲酒したのであろう。この重大な出来事は重複している部分にも書かれていない。「ゆふべ散歩して、しみぐ〵したのもの、そして何となしにさむぐ〵したものを感じた」のみである。もうろう状態での空虚感をこのように書いたのであろう。

失神は高血圧性脳症による一過性の失神発作であろう。記載がないのは意識もうろうとして出来事を追想できなかったためと思われる。そして帰庵すると「しみぐ〵したのもの、さむぐ〵したもの」を払拭するように「御飯を野良犬に食べられてゐた」というせん妄体験が繰り返される。十月七日の山頭火の様子は「とろく〵と夢みてゐるかの様であり」、もうろう状態は帰庵してからも続いている。大事な約束は忘れておらず「十日の句会は忘れちゃゐまいのう」と念を押している。

高橋一洵の求めに応じて句作したが「いゝ句ぢゃねと言へば、いゝや、まだ未定稿だ」と満足できなかった。

7．山頭火絶筆：「拝む心で生き拝む心で死なう」

十月八日－晴。

早朝護国神社参拝、十日、十一日はその祭礼である、――暁の宮は殊にすが〱しく神々しい、なんとなく感謝、慎みの心が湧く、感謝、感謝！感謝は誠であり信である、誠であり、信であるが故に力強い、力強いが故に忍苦の精進が出来るのであり、尽きせぬ喜びが生まれるのである。

皇室――国への感謝、国に尽くした人、尽くしつゝある人、尽くすであらう因縁を持つて生まれ出る人への感謝、母への感謝、我子への感謝、知友への感謝、宇宙霊―仏―への感謝。――

一洵老が師匠の空覚聖尼からしみ〴〵教へてもらつたという懺悔、感謝、精進の生活道は平凡ではあるがそれは慥かに人の本道である――と思ふ、この三道は所詮一つだ、懺悔があれば必ずそこに感謝があり、精進があれば必ずそこに感謝があるべき筈である、感謝は懺悔と精進との娘である、私はこの娘を大切に心の中に育くんでゆかなければならぬ。

芸術は誠であり信である、誠であり信であるもの、最高峰である感謝の心から生れた芸術であり句でなければ本当に人を動かすことは出来ないであろ《マヽ》う、澄太や一洵にゆつたりとした落ちつきと、うつとりとした、うるほひが見えてゐて何かなしに人を動かす力があるのはこの心があるからだと思ふ、感謝があればいつも気分がよい、気分がよければ私にはいつでもお祭りである、拝む心で生き拝む心で死なう、そこに無量の光明と生命の世界が私を待つてゐてくれるであろ《マヽ》う、巡礼の心は私のふるさとであつた筈であるから。――

夜、一洵居へ行く、しんみりと話してかへつた、更けて書かうとするに今日は殊に手がふるへる。

●懺悔、感謝、精進の三道

昭和十五年紀元二千六百年の輝かしい新世紀への黎明に国家は強力日本の聖業完遂のため邁進、松山でも連日防空総合訓練がなされていた。山頭火は「(個人でも国家でも、)断じてあともどりしてはならない」として、「ほうとうの俳句」完成を目指していたが、早朝護国神社祭礼に参拝したこともあり国への感謝、母への感謝、我が子への感謝、知友への感謝、宇宙霊―仏―への感謝を述べる。

懺悔、感謝、精進の生活道は平凡ではあるが人の本道である。この三道は所詮一つであり懺悔があれば感謝があり、精進があれば感謝があり、感謝は懺悔と精神との娘である。「この娘を大切に心の中に育んでゆかなければならぬ」が永遠のテーマであった。酒による限りない醜態、反省、懊悩、懺悔を繰り返しながら最高峰の感謝の気持ちを持って句作を続けた。感謝の気持ちを抱くと気分がよくなり「いつでもお祭り」となった。

最後には、懺悔と感謝が止揚したかのように「拝む心で生き拝む心で死なう、そこに無量の光明と生命の世界が待ってゐてくれる」心境に達した。

●死ぬることは生まれることよりもむつかしい

昭和三年九月十七日、荻原井泉水への手紙には、外道といわれようと孤調の人といわれようと、「私は私一人の道をとぼ〳〵と歩みつゞけるばかりであります」とある。巡礼の心はふるさとであり無量の光明と生命の世界への憧れを述べている。

山頭火は「わが庵は御幸山すそにうづくまり、お宮とお寺とにいだかれてゐる。老いてはとかく物に倦みやすく、一人一草の簡素で事足りる。所詮私の道は私の愚をつらぬくより外にはありえない」と前書して、

おちついて死ねそうな草萌ゆる

という句がある。井泉水は「草萌ゆる」には新生の春が暗示されているのみならず、限りない淋しさが感じられると述べている。

「一洵君に（死ぬることは生まれることよりもむつかしいと、老来しみじみ感じないではゐられな）」として

落ちついて死ねさうな草枯るる

という句もある。

8. 十月八日（水）絶筆時の山頭火の言動（一洵の日記）

夕方学校から帰って見ると座敷で山翁がほろほろ酔うて寝てゐた。物音に目を醒まして――お帰りか。あんたに話して置かんと落ちつけない事があるんだと笑ひ乍ら起きた。――昨夜更けて一草庵へ帰る途中から一匹の白犬がついて来る。玄関の所で、ありがたう、さよならと犬の頭をなでてやらうとすると白い大きい餅をくわへてゐる。直径五寸以上の立派な餅じゃ。わしはそれをもらったよ。合掌して素直にいただいた。少し欠けて居たが「ぞうに」を早速こしらへて食べた。あんたを呼んで来うとも

思ったが更けていたから止めた。――わしは餅は好きだから食うたの食わんの。お正月ぢゃ。犬は、もう居なかった。縁側で猫の子が泣いた。これも白い猫ぢゃ。やったよ猫に。うまそうに食い足って闇に消えていった。わしも長らく乞食はやったが、犬から供養を受けたのは生まれて始めてぢゃ。

そう言って翁はからからと笑った。そして新聞の端に

秋の夜や犬からもらつたり猫に与えたり

と書いた。句にはならぬが、わしのためには一番え、句ぢゃと言ってまた笑った。――のんた、わしはそれから寝たよ。寝ると枕の所へ大きな蜘蛛がやって来たよ。驚いて、すばっときせるで叩いて死骸を火鉢へ投げこんだが一寸淋しかったね。ところでひょっと見るとまたやって来たよ。百足の奴が。五寸程もある大百足が足をそろへてあしの方へ襲撃してくる。再びすぱりとやった。二度三度四度。窓をあけて外へ投げ捨てた。蜘蛛も捨てた。わしが猫へ供養した功徳は之で帳消しになった。いや寧ろ罪を作ったわい。――と言って翁は頭をかいた。

私が『夜蜘蛛がきたのにむかでまで』といったら『そのしゃれは苦しいな』と頭へ手をあてて笑った。そして

つひに夜蜘蛛を殺したが何やらさびしい

寝むれない夜の深さまた百足を殺し

ともう一度新聞の端に書きつけて見せた。翁はそれが余程気にかかったらしい。気にかかったことは何時も報告に来る翁であった。そして、これで少し気が楽になったといふ可愛いゝ気分の翁であった。それから一緒に簡素に夕飯を食べた。

もらうて食べるおいしさ有りがたさ

と言った。——あんた今夜はいゝ句を沢山教へてくれたが一つまた書いておくれんかなもし——と言ったら——うん書かう。障子紙あるかなもし——と「なもし」をまねてまた笑った。

おたたも或る日は来てくれる山の秋ふかく

このあかつきのみたらしのあふるるを手に

句碑へしたしう萩の咲きそめてゐる

稲の穂すれもみづほの国の水の音

と書き終った。死の直前とて筆勢は既に鈍い。熱いお茶を所望して、それではと言って立ちあがって月を浴びてほとほとと帰っていった。後ろ姿をじっと私は見送った。

一度も振り返らなかった。

●せん妄の進行

山頭火は七日に続いて八日も一洵を訪ねているが、そこでも「――昨夜更けて一草庵へ帰る途中から一匹の白犬が……白い大きい餅をくわへてゐる……それを合掌して素直にいただいた……「ぞうに」を早速こしらへて食べた。あんたを呼んで来うとも思ったが更けていたから止めた……餅は好きだから食うたの食わんの……犬はもう居なかった。縁側で猫の子が泣いた。これも白い猫ぢゃ。うまさうに食い足って闇に消えていった」という犬から功徳を得た話を話題にしている。

体験内容の大筋は六日と七日の日付が重複して書かれた内容と同じであるが、詳細に比較すると加工が見られる。餅の色が「や、黒く」から「白い」餅に変わり、「犬から御馳走になつた」話が、「『ぞうに』を早速こしらへて食べた」に加工されている。「どこからともなく出てきた」白い猫が、「縁側で泣いていた」ことになっている。せん妄は夜間に憎悪する。時々の山頭火の心情によって幻覚内容も微妙に変化している。

「『ぞうに』を早速こしらへて食べた。あんたを呼んで来うとも思ったが更けていたから止めた』という表現は、一洵を前にして思いついたものであろう。
そして新聞の端に句を書いた。

秋の夜や犬からもらったり猫に与えたり

●小動物幻視の俳句

夜更けてせん妄が顕在化するにつれて興奮し「枕の所へ大きな蜘蛛がやって来た……驚いて、すばっときせるで叩いて死骸を火鉢へ投げこんだ……ひょっと見るとまたやって来た……百足の奴が……大百足が足をそろへてあしの方へ襲撃してくる……すぱりとやった。二度三度四度。窓をあけて外へ投げ捨てた。蜘蛛も捨てた」となる。

犬、猫に続いて蜘蛛、百足の小動物幻視が見られる。幻視は鮮明で現実感が強いので追っ払ったり逃げ回ったりする。典型的な振戦せん妄状態である。意識障害が軽度であると幻覚を追想可能でありせん妄場面の絵を描くこともめずらしくない。一洵から晩飯を勧められてもことわり、ほろほろと一人で寝ていた山頭火が手足を激しく動かしながら幻の動物と格闘している姿が目に浮かぶ。

小動物幻視において犬、猫に続いて蜘蛛、百足が出現しているが日頃から山頭火には馴染みの存在であり、体調の良かった九月二日にも「夜。百足に二回も螫れた。」

寝むれない夜の深さまた百足を殺し

幻覚のもとでは興奮しており現実吟味能力は失われている。せん妄がおさまると現実を検討するゆとりが戻る。「猫へ供養した功徳は之で帳消しになった。いや寧ろ罪を作ったわい」と頭をかく。

つひに夜蜘蛛を殺したたが何やらさびしい

一洵にはアルコールの中毒症状である判断は困難であり、『夜蜘蛛がきたのにむかでまで』と洒落で相槌を打っている。

●手指の振戦

その後、山頭火は一洵と食事した。

もらうて食べるおいしさ有りがたさ

毎日の食事を按配することは大変な苦労であった。「お丶何とデカい胃袋、さういう胃袋の持主――私といふ無能力老人の不幸（あたりまへだけれど）である」山頭火にとって、「もらうて食べるおいしさ」は大変有りがたかった。

犬からご馳走になった十月二日深夜の体験もそのような心境と関係している。「今治へとんだ、……御馳走になつた、ずいぶん飲んだ……お土産まで頂戴した」にもかかわらず、犬から大きな餅をご馳走になり、さらに幻覚体験のなかで「ぞうに」をこしらへて食べる。

せん妄体験から離れると普段の山頭火に戻るが筆勢はすでに鈍く、熱いお茶を所望して月を浴びてほとほとと帰っていった。一度も振り返らなかった。十月一日以後の文字は大きく乱れており、「殊に手がふるへる」手指の振戦はさらに進行していた。

9. 十月九日（木）山頭火の言動（一洵の日記）

夜七時ごろ、ぼんやりと私の玄関に立ったのは山翁であった。あんたに言ひ忘れたことがあるからまたやってきたと言って頭をかいた。

「わしはもう一度遍路の旅に出ようと思ふ。すっぽりと自然に出て、しっとり落ちついた心になりたいんだ。明日の句がすんだら……。えらいすまんが十円明日の句会に頼む」と云った。

「抱壺も死んだ……わしは淋しいよ」――さう言って私の句帳のすみに句を書いて見

せた。

抱壺逝けるかよ水仙のしほる丶ごとく
ほつと息して読み直す黒わくの黒
ぐいぐい悲しみが込みあげる風のさびしさ

豪気の山翁も今宵は何時になく、さうしんみりと語って目の奥の涙をそっと押さへた。

「のんた。わしも長くはないぞ。殊に近頃は体が変調だ。わしが亡くなったら、柿の会たのむ。あんたが一番年長で暇が多かりさうな。——動物といふものは雀でも象でも生きた仲間に自分の死骸を見せんもんじゃ。わしもさうありたい。がせめて其れが駄目なら焼かる丶虫の如く香ひかんばしく逝きたい。——のだがやっぱり野たれ死にか」。さう淋しく笑ってまた私の句帳に書きつけた。

ぶすりと音立て丶虫は焼け死んだ
打つより終わる虫の命のもろい風
焼かれ死ぬ虫のにほいのかんばしく

既に余命なきことを悟ってゐるのであらうか。翁は急に「のんた、今宵はわしと一緒に歩いてくれんかいの。一緒に行こう――」と言ひだした。「今宵は急ぎの書き物があるんで。こらへておくんな――」と言へば「今宵だけわしの言ふことを聞いてくれ」と手を引っ張った。

今日明日は護国神社の大祭である。参道は夜店の賑ひを呈し境内は色々の催し物やテント店でいっぱいであった。翁は今日は之で三度目の参拝だと言った。翁は酒二合おでん二本。私は酒五勺、おでん十本を食べた。

外に出てぶらぶらしてゐる内に翁は人の渦巻きに飲まれて姿が見えぬ。

●もう一度遍路に出よう

山頭火はぼんやりとして言い忘れたことがあると一洵の玄関に立っていた。「明日の句会がすんだら、もう一度遍路の旅に出よう」「自然に出て落ちついた心になりたい」。そして句会のための借金を頼む。

九月廿二日抱壺の訃報に驚き一人で焼香し読経して哀悼の思いにかられ、徹夜で句作推敲したことを思い出し一洵の手帳に書いた。抱壺の死に思いをいたす山頭火に豪気な姿はなかった。動物のように仲間に自分の死骸を見せたくないと言いながら最後の句を読んだ。

●最後の俳句

山頭火は死後について「焼かる、虫の如く香ひかんばしく逝きたい」と口にしているが、せん妄による幻覚体験が影響している。幻覚は視覚、聴覚、臭覚、触覚などさまざまな知覚の領域に現れる。

「ぶすりと音立て、虫は焼け死んだ」句には、「ぶすり」という生々しい聴覚とともに焼かれる恐ろしい情景的幻覚が表現されている。「打つより終わる虫の命のもろい風」には、小動物幻視を「打とう」と戦っている山頭火の姿が浮かぶ。「焼かれ死ぬ虫のにほいのかんばしく」からは生々しい臭いが漂ってくる。「かんばしい」という表現とは程遠いものである。

●病的体験と創造への意欲

山頭火のせん妄はアルコール飲酒による中枢神経障害により引き起こされた。小動物幻視などの体験内容は特殊なものではないが病的体験に圧倒されながら芸術的に表現しようとする創造への意欲は強靭である。抱壺の死に思いをいたす心情にも心うたれる。山頭火の生き様は最後まで失われていない。

10・「ふり返らない山頭火」

昭和十四年春、知多半島に忽然と現れた山頭火を橋本健三が記している。「三日三晩、悪童のような乱酔ぶり、十年の親友のやうな人なつこさ」であったが別れの挨拶をしようとすると「どうもいろいろお世話になりました」とスタスタと去って行った。その様子を「ふり帰らない山頭火、うしろ姿のいい山頭火」と表現している。翌日「最初の、そして最後の会合でありませう。とにかくうれしく思ひました。」とのハガキが届いた。

一洵宅を訪れた前日も前々日も振り返らなかった。最後の夜「一緒に歩いてくれんのかいの」と自分から一洵を誘い出したが、ブラブラしているうちに姿が見えなくなった。見送る人たちに「うしろ姿」を印象づける。

うしろすがたのしぐれてゆくか（自嘲）

山頭火は自嘲としているが、井泉水は留別、すなわち去って行く人が残る人に対して行う挨拶の方がおもしろいとしている。乱酔から覚めると大真面目に反省しなければならない自嘲の気持ちが隠されているかもしれない。

11．十月十日（金）　ころり往生（一洵の日記）

山頭火が最後まで気にとめていた句会の日である。一洵は午後五時に家を出た。

するると布団の上に翁が倒れてゐたといふ。成程、翁はとろとろと休んでゐる。少し息が大きい位で別に変わったことはない。脈拍も正常である。例の酔ひであらうと、さうした経験はしばしば知ってゐたので別に驚くべきことでもないと思った。

無水さんが言ふには昼過ぎ寄って見たところが翁は布団を布いて休んで居られた。少し気分が悪いが大したことはない。足が充分でないからお便所へ連れていってくれとおっしゃったので、お助けしたが、あれからずっと寝て居られたんだなと言った。恐らく悪酔ひされたのであらうと一同は静かに句座についた。十時ごろ終はった。一時間程病勢を見守ってゐたが心配すべき傾向はないと感ぜられたので、そのまゝ散会。

大山澄太によれば、夕方、御幸寺の奥さんが妙に気になり入ってみる上がり口のところで倒れており酒のような臭いものを吐いて襟元をはだけていたので、その辺りをふき取って、枕元に洗面器を置いて帰ったという。

十月十一日（土）

ふと先日からの不思議な翁の様子と考へ合せて何となく不安におそはれたので起き出て翁を見舞ふ。朝の二時ごろであったと思ふ。時既に容体急変し身体硬直してたゞ昏々と眠る。呼べと答へず。つづけて呼ぶ内に、ふと我に復ったものの如く見開いて私の顔を射る様に見守って離れず。手を握れば辛うじて僅かに握り返さる。次第に眼を閉ぢて再び昏睡状態に陥る。脳溢血と考へらる。脈拍は正調。

時に正に午前四時五十分。五時二十分医師来る。強烈なる脳溢血と診断せらる。既に手の施す術なし。

●山頭火の死因

昭和十五年八月十四日久保白船への最後のハガキで「頑健すぎて困ります」「のんべい体制」であると書いているが、九月にはアルコール依存による心身不調を自覚するようになり、十月になると振戦せん妄が出現。その後、高血圧性脳症によると思われる失神発作を併発。十月十日本格的な脳出血を発症して死亡したものと考えられる。

昭和十四年九月二日「述懐一節」にあるように、山頭火は「生きるとは句作することである」念願を達成するとともに、もう一つの念願「ころり往生」「病んでも長く苦しまないで、厄介をかけないで、めでたい死（心臓麻痺か脳溢血で無造作に往生する）」を見事に遂げた。

文献

『山頭火を語る』（荻原井泉水・伊藤完吾編）：荻原井泉水：同人山頭火（潮文社、1986）83–130.
ibid.　素顔の山頭火：井泉水への手紙　69–72.
ibid.　荻原井泉水：同人山頭火「塘下の宿」　84–93.
ibid.　山頭火の言葉　34–56.
ibid.　素顔の山頭火：久保白船、最後のハガキ　19–20.
ibid.　素顔の山頭火：高橋一洵、山頭火和尚死の前後—なにやかな日記　168–182.
ibid.　素顔の山頭火：橋本健三、ふりかへらない山頭火　147–152.
村上　護：山頭火の手紙「帰郷で不快事」（大修館書店、1997）178.
ibid.　ころり往生　394.
ibid.　作る句と生まれる句　31.
『種田山頭火』（新潮日本文学アルバム）：ころり往生（新潮社）84–96.
『定本種田山頭火句集』（彌生書房）164.
『山頭火日記（一）』（春陽堂、1989）

『山頭火日記（二）』（春陽堂、1989）
『山頭火日記（三）』（春陽堂、1989）
『山頭火日記（四）』（春陽堂、1989）
『山頭火日記（六）』（春陽堂、1989）
『山頭火日記（七）』（春陽堂、1995）
オイゲン・ブロイラー（切替訳）『器質精神障害とてんかん』（中央洋書出版部、1989）

第二章　自殺未遂の精神病理

Ⅰ　カルモチンによる自殺未遂

1．昭和十年八月　自殺未遂

山頭火は昭和十年八月十日カルモチン大量服用により自殺を図るが未遂に終わる。

昭和十年八月十日　第二誕生日、回光返照。
生死一如、自然と自我との融合。
私はとうとう卒倒した、幸か不幸か、雨がふつてゐたので雨にうたれて、自然的に意識を回復したが、縁から転がり落ちて雑草の中へうつ伏せになつてゐた、顔も手も擦り剥いた、さすが不死身に近い私も数日間動けなかつた、水ばかり飲んで自業自得を痛感しつつ生死の境を彷徨した。……

これは知友に与へた報告書の一節である。

正しくいへば、卒倒でなくして自殺未遂であつた。
私はSへの手紙、Kへの手紙の中にウソを書いた、許してくれ、なんぼ私でも自殺する前に、不義理な借金の一部だけなりとも私自身で清算したいから、よろしく送金を頼む、とは書きえなかつたのである。

とにかく生も死もなくなつた、多量過ぎたカルモチンに酔つぱらつて、私は無意識裡にあばれつつ、それを吐きだしたのである。

断崖に衝きあたつた私だつた、そして手を撒《マヽ》して絶後に蘇つた私だつた。

死に直面して

「死をうたふ」と題して前書を附し、第二日曜へ寄稿。

死んでしまへば、雑草雨ふる
死ねば薬を掌に、かゞやく青葉
死がせまつてくる炎天
死をまへにして涼しい風
風鈴の鳴るさへ死はしのびよる
ふと死の誘惑が星がまたたく
死のすがたのまざまざ見えて天の川
傷《キズ》が癒えゆく秋めいた風となつて吹く

おもひおくことはないゆふべ芋の葉ひらひら
草によこたはる胸ふかく何か巣くうて鳴くやうな
雨にうたれてよみがへつた人も草も

●カルモチン

カルモチン多量内服により自殺を図ったが無意識に吐き出して未遂に終わる。カルモチンはプロバリンなどという商品名で広く発売されていたブロムワレリル尿素である。催眠鎮静効果があるが依存形成が認められる。１９８０年代ブロムワレリル尿素は自殺に使用される代表的な薬物であったが、ベンゾジアゼピン系睡眠薬や抗不安薬が開発されてからはほとんど用いられなくなった。多量内服により急性中毒を起こすが致死性は低い。それでも太宰治は心中未遂を繰り返し、芥川龍之介は既遂に至った。

●回光返照、自殺未遂後のカタルシス

山頭火は卒倒でなくて「自殺未遂であつた」と告白しているが、「断崖に衝きあたつた私」の出口のない状況への帰結というよりは、借金の清算の問題も絡み衝動的に多量のカルモチンを服用したものと思われる。服毒後、意識もうろう状態で生死の境を彷徨しているうちに雨にうたれて意識を回復した。自業自得を痛感するが自殺未遂は「回光返照」体験となり、山頭火に「第二誕生日」と意識させる。

回光返照とは輝いていた太陽が西に沈む時、一瞬、空が反射して明るく光る現象である。このことから外に向かう心を翻して内なる自己を反省することとされている。山頭火はそれを体験し第二の誕生日と名づけて感激している。精神科臨床において自殺行為から救命し得た後、精神状態が一時的に好転することがよく知られている。内的緊張からの解放としてカタルシス効果と呼ばれる。この効果もあったと思われる。

2. 自殺未遂を知らせる手紙

山頭火は親しい同人に自殺未遂を知らせている。

八月十六日　亀井岔水宛て封書

私はあれから方々へまわつて帰庵いたしましたが、我儘の神罰仏罰はてきめんで、痔が悪くなり、さらにもつと悪いことには卒倒いたしました、アルコールとカルモチンとがたたつたのでせう、幸か不幸か、その日は雨がふつてゐたので雨にうたれて、自然的に意識を回復いたしましたが、眼鏡はこわれ、頬と腕と脛とを擦り剝ぎました、(縁からころげ落ちて、雑草の中へうつ伏せになつてをりました)、数日間は動けませんでした、水ばかり飲んで生死の境を彷徨してをりました、(それを句に試作しましたよ)、そんな訳で失礼いたしました、あしからずお思召下さい。

もうだいぶ快くなりました、自分ながら悪運の強いのに呆れてをります、これを契機としてきつと節酒いたします、(絶対禁酒はとうていゝ不可能です)、あなたの句作活発、新句会の誕生を心から喜びます、お互にしつかりやりませう。

八月十九日　木村緑平宛て封書

私はあれからまた戸畑、門司、下関と遊びまはつて帰庵いたしましたが、とうとう卒倒してしまいました。

幸か不幸か、その日は雨がふつてゐたので雨にうたれて、自然的に意識を回復いたしましたけれど、縁から転げ落ちて雑草の中へうつ伏せになつておりました、さすが不死身に近い私も数日間は水ばかり飲んで死生の境を彷徨いたしました、所詮は積悪の報で、自業自得は覚悟してゐましたけれどやつぱり困ることは困り、苦しむことは苦しみました、さういふ次第で御礼状も差上げず、まことにすみませんでした、あしからず思召し下さい。

私もいよ〳〵アルコール清算之時機に面しました、時々狭心症的な軽い発作もやつてきますので、どうでもかうでも節酒しなければならなくなりました（私のやうなものには絶対禁酒は生理的にもとうてい持続されません、つゝしむべきは暴飲乱酔です）、人間、殊に私は弱くて、こゝまで来ないと転身一路が出来なかつたのです。

もつと涼しくなり体力をとりかへしましたら、久しぶりに行乞の旅へ出かけるつもりです、そしてだらけた身心をたゝきなほしてくるつもりです、余生いくばく、全身全心を俳句作にぶちこみませう、先日の死生境を句として試作し牧句人君に送つて置きました、第二日曜九月号で発表されませう、奥様によろしく御伝へ下さい、いづれまた。

●アルコール、カルモチン、蘇った私

いずれの手紙においても自殺未遂という言葉は使われていない。亀井岔水への手紙では

「我儘の神罰仏罰」のたたりによる痔の悪化とともにアルコールとカルモチンのたたりが強調されており、悪運の強さに触れて節酒を誓っている。

木村緑平への手紙でも同じく長年のアルコールによる狭心症的な軽い発作と暴飲乱酔に触れて節酒を誓っている。それでも回光返照体験に触れるかのように「転身一路」ができなかった自分の弱さを反省して、体力が回復したら行乞の旅へ出かけ、だらけた心身をたたきなおすつもりであると告げている。「蘇った私」は強調されているが自殺未遂への反省は乏しい。

●死をうたふ

亀井岔水には生死の境を彷徨していた体験を「試作しましたよ」と伝え、木村緑平には死生境を句とした試作を発表すると伝える。山頭火は今回の体験を「死をうたふ」と題した前書きを附して寄稿。ころり往生を遂げる直前、幻覚体験に圧倒されつつもそれを表現しようとする意欲は強靭であると指摘したが、いかなる状況においても句作しようとする姿勢は一貫している。自殺未遂の状況においてもそうである。

カルモチンに酩酊し縁側から雑草の中に転がり落ちて擦り傷を負った。雨にうたれて意識を取り戻したが身体の自由は奪われており、その数日間を回想して句を作った。自殺の決意から意識回復するまでの経過が映像を見るように詠われている。

「死んでしまへば」と自殺企図を着想し「薬を掌に」自殺を図った。その後、死への誘惑と恐怖にさらされながらも対象意識は「炎天」「涼しい風」「星のまたたき」「天の川」から「傷が癒えゆく」「秋めいた風」「芋の葉ひらひら」へと移り、やがて「草によこたはる」自らの「胸ふかく」に至り、「よみがへつた人」と「草」に帰結する。寄稿が目的とされており時系列に沿っている。

3. 昭和五年九月　自殺未遂

自殺未遂と明記していないが五年前にもカルモチン自殺企図が見られる。

昭和五年山頭火は妻サキノの「雅楽多」に滞在したあと九月九日より宮崎地方の行乞。九月九日「私はまた旅に出た、愚かな旅人として放浪するより外に私の生き方はないのだ。」九月十日「……私は所詮、乞食坊主以外の何物でもないことを再発見して、また旅へ出ました、……歩けるだけ歩きます、行けるところまで行きます。」九月十三日「夜は早く寝る、脚気が悪くて何をする元気もない。」そして当日になる。

昭和五年九月十四日　晴、朝夕の涼しさ、日中の暑さ、人吉町、宮川屋

球磨川づたひに五里歩いた、水も山もうつくしかつた、筧の水を何杯飲んだことだらう。

一勝地で泊るつもりだつたが、汽車でこゝまで来た、やつぱりさみしい、さみしい。郵便局で留置の書信七通受取る、友の温情は何物よりも嬉しい、読んでゐるうちにほろりとする。行乞相があまりよくない、句も出来ない、そして追憶が乱れ雲のやうに胸中を右往左往して困る。

……一刻も早くアルコールとカルモチンとを揚棄しなければならない、アルコールでカモフラージした私はしみ〴〵嫌になつた、アルコールの仮面を離れては存在しえないやうな私ならばさつそくカルモチンを二百瓦飲め（先日はゲルトがなくて百瓦しか飲めなくて死にそこなつた、とんだ生恥を晒したことだ！）。

呪ふべき句を三つ四つ

蝉しぐれ死に場所をさがしてゐるのか

青草に寝ころぶや死を感じつゝ

毒薬をふところにして天の川

しづけさは死ぬるばかりの水が流れて

熊本を出発するとき、これまでの日記や手記はすべて焼き捨てゝしまつたが、記憶に残つた句を整理した、即ち、

けふのみちのたんぽゝ咲いた

嵐の中の墓がある

炭坑街の大きな雪が降りだした

□

朝は涼しい草鞋踏みしめて

炎天の熊本よさらば

蓑虫も涼しい風に吹かれをり

あの雲がおとしたか雨か濡れてゐる

さうろうとして水をさがすや蜩に

岩かげまさしく水が湧いてゐる

こゝで泊らうつく〳〵ぼうし

寝ころべば露草だつた
ゆうべひそけくラヂオが物を思はせる
炎天の下を何処へ行く
壁をまともに何考へてゐた
大地したしう投げだして手を足を
雲かげふかい水底の顔をのぞく
旅のいくにち赤い尿して
さゝげまつる鉄鉢の日ざかり

単に句を整理するばかりぢやない、私は今、私の過去一切を清算しなければならなくなつてゐるのである、たゞ捨てゝも〳〵捨てきれないものに涙が流れるのである。私もやうやく『行乞記』を書きだすことが出来るやうになつた。——

私はまた旅に出た。——

所詮、乞食坊主以外の何物でもない私だつた、愚かな旅人として一生流転せずにはゐられない私だつた、浮草のやうに、あの岸からこの岸へ、みじめなやすらかさを享楽してゐる私をあはれみ且つよろこぶ。

水は流れる、雲は動いて止まない、風が吹けば木の葉が散る、魚ゆいて魚の如く、鳥とんで鳥に似たり、それでは、二本の足よ、歩けるだけ歩け、行けるところまで行け。

旅のあけくれ、かれに触れこれに触れて、うつりゆく心の影をありのまゝに写さう。

私の生涯の記録としてこの行乞記を作る。……

●カルモチン百瓦

山頭火は「先日はゲルトがなくて百瓦しか飲めなくて死にそこなつた、とんだ生恥を晒したことだ！」が、昭和十年八月自殺未遂のように寄稿する心境にはなく「呪ふべき句を三つ四つ」と苦悩的に表現している。

ころり往生を遂げた最後の俳句では病的体験により現実吟味が失われ苦悩的ではない。ここでは現実吟味が保たれておりその状況を呪うべきものと記している。蝉しぐれのなか「死に場所」を探し、寝ころんでも「死を感じ」、カルモチンを懐に「天の川」を眺め、死の静寂を感じている。

●捨てても捨てきれないもの

それでも「回光返照」につながる心境は認められる。愚かな旅人としてあの岸からこの岸へみじめなやすらかさを享楽しつつ歩けるだけ歩き、旅のあけくれに心の影をありのままに写し続けることである。

山頭火は放浪する以外に行き方はないと放浪の旅に出るが、友人から受けた餞別や行乞で受けた功徳はことごとく酒代に消える。やがて「さみしい、さみしい」気持ちに襲われる。旅先の郵便局で留置きの書信を受取り友の温情は何物よりも嬉しいと感謝するが、「追憶が乱れ雲のように胸中を右往左往する」。気持ちを紛らわせようとしてアルコールとカルモチンで「カムフラージュ」してきた。今回はカルモチンを百瓦《グラム》しか買えなかったので生き恥をさらすことになった。山頭火の気持ちの奥底にあるもの、捨てても捨てきれないもの、清算しようとしてもできないもの、乱れ雲のように胸中を右往左往するものとは生い立ちにまつわる「過去の一切」である。

●『行乞記』を書きだす

昭和五年九月九日一時滞在した熊本の妻サキノのもとを出発するとき日記や手記はすべて焼き捨てた。

焼き捨て、日記の灰のこれだけか

それ以前の旅のものは失われた。それでも山頭火の記憶に残った句から山頭火の感覚と知覚にとらえられた対象が生き生きと追体験できる。たんぽぽ、嵐、朝、炎天、蓑虫、雲、水、蜩、つくつくぼうし、露草、ゆうべ、大地、手足であり、血尿の体験であり、何よりも行乞に欠かせない鉄鉢。山頭火を献身的に支え続けた木村緑平の故郷炭鉱街である。再び旅のあけくれに触れる対象、心の影を写そうとして行乞記を作る決心をする。

●行乞、煙霞癖

行乞は労働であり反省と努力をもたらし虚無に傾き退廃に陥る心身を建て直してくれる。だからこそ行乞生活に立ち戻るのだ。それは自らが宿痾と述べる煙霞癖と結びついている。煙霞癖とは山水を愛し、旅行を好む癖である。

明治四十四年十二月　回覧雑誌

僕に不治の宿痾あり、煙霞癖也。人はよく感冒にかゝる、その如く僕はよく飛びあるく、僕に一代野心あり、僕は世界を——少なくとも日本を飛び歩きたし、風の吹く如く、水の流るゝ如く、雲のゆく如く飛び歩きたし。而して種々の境を眺め、種々の人に会ひ種々の酒を飲みたし。不幸にして僕の境遇は僕をして僕の思ふ如く飛び歩かしめず、希くは諸兄よ、僕に各地の絵葉書を送付せよ、僕はせめてその絵葉書によりて束縛せられたる渡り鳥の悶を遣らむ。僕もまた随処随時諸兄に対してその絵葉書に酬ゆるに吝ならざらむ。

4. アルコールかカルモチンか

再出発を試みた山頭火であったがアルコールとカルモチンの縁が切れたわけではない。

昭和五年九月十六日　曇、時雨、人吉町行乞

都会のゴシップに囚わはれていなかつたか、私はやつぱり東洋的諦観の世界に生きる外ないのではないか、私は人生の観照者だ（傍観者にあらざれ）、個から全へ掘り抜けるべきではあるまいか。（一部省略）

一昨夜も昨夜も寝つかれなかつた、今夜は寝つかれるい《マヽ》ゝが、これでは駄目だ、せつかくアルコールに勝てゝも、カルモチンに敗けては五十歩百歩だ。

二三句出来た、多少今までのそれらとは異色があるやうにも思ふ、自惚かも知れないが。――

かな〳〵ないてひとりである

一すぢの水をひき一つ家の秋

焼き捨て丶日記の灰のこれだけか

今日は行乞中悲しかつた、或る家では老婆がよち〳〵出て来て報謝して下さつたが、その姿を見て思はず老祖母を思ひ出し泣きたくなつた、不幸だつた――といふよりも不幸そのものだつた彼女の高恩に対して、私は何を報ひたか、何も報ひなかつた、たゞ彼女を苦しめ悩ましたゞけではなかつたか、九十一才の長命は、不幸が長びいたに過ぎなかつたのだ。

十一月二日「九時から一時まで辛うじて行乞、昨夜殆んど寝つかれなかつたので焼酎をひつかける、それで辛うじて寝ついた――アルコールかカルモチンか、どちらにしても弱者の武器、いや保護剤だ。」

昭和七年一月廿二日「唐津局で留置の郵便物をうけとる、緑平老、酒壺洞君の厚情に感激する、私は――旅の山頭火は――友情のみによつて生きてゐる。」「山頭火よ、お前は句に生きるより外ない男だ、句を離れてお前は存在しないのだ！　昨夜はわざと飲み過した、焼酎一杯がこたへた、そしてぐつすり寝ることが出来た、私のやうな旅人に睡眠不足は命取りだ、アルコールはカルモチンよりも利く。」二月十五日　少し歩いて雨「気が滅入つてしまうので、ぐん〲飲んだ、酔つぱらつて前後不覚、カルモチンよりアルコール、天国より地獄の方が気楽だ！」六月三日「今夜もまた睡れさうにないから、寝酒を二三杯ひつかけたが、にがい酒だつた、今夜の私としては。――」

　　アルコールよりカルモチン

　　　ちよつと一服盛《も》りましよか

六月四日「隣室の客の会話を聞くともなしに聞く、まじりけなしの長州辯だ、なつかしい長州辯、私もいつとなく長州人に立ちかへつてゐた。カルモチンよりアルコール、それがアルコールよりカルモチンとなりつゝある、喜ぶべきか、悲しむべきか、それはたゞ真実だ、現前どうすることもできない私の転換だ。」六月九日「今日は寺惣代会が開かれる日だ、そして私に寺領の畠を貸すか貸さないかが議せられる日だ。昨夜もあまり睡れなかつたので、頭が重い。アルコールよりカルモチン――まつたくさういふ気分になりつゝある、飲まないのではない、飲めなくなつたのだ（肉体的に）意志が弱いと胃腸が強い、さりとはあんまり皮肉だつたが、その皮肉も真実になつたらしい、少くとも事実にはなつた、健全な胃腸は不健全な飲食物を拒絶する！　年をとると、身体のあちらこちらがいけなくなる、私は此頃、それを味はいつゝある。」

●弱者の武器、保護剤

アルコールかカルモチンか、アルコールはカルモチンよりも利くのか、アルコールに勝ってもカルモチンに負けては五十歩百歩だ、カルモチンよりアルコール、天国より地獄の方が気楽だと自問するが、二者択一ではなくどちらを選択しても地獄であろう。

一時的な「弱者の武器、保護剤」であることには違いない。弱者にならざるを得ない山頭火の胸中には「過去の一切」があった。行乞中に老婆から受けた報謝により過去と向き合わざるを得なくなる。老祖母の高恩に何を報ひたか苦しめただけではないのかという強い後悔の念にとらわれる。

●酔中野宿

自殺未遂から三週間後「酔中野宿」という句がある。

昭和五年十月七日　晴、行程二里、目井津、末広屋

雨かと心配してゐたのに、すばらしいお天気である、そこゝ、行乞して目井津へ、途中、焼酎屋で諸焼酎の生一本をひつかけて、すつかりいゝ気持になる、宿ではまた先日来のお遍路さんといつしよに飲む、今夜は飲みすぎた、とう〳〵野宿をしてしまつた、その時の句を、嫌々ながら書いておく。

酔中野宿

酔うてこほろぎといつしよに寝てゐたよ

大地に寝て鶏の声したしや

草の中に寝てゐたのか波の音
酔ひざめの星がまたゝいてゐる
どなたかかけてくださつた筵あたゝかし

●死をうたふ句、呪ふべき句、酔中野宿の句

酒酔い、こおろぎ、大地、鶏の声、星のまたたきは、山頭火の心身に親しい自然の対象である。テーマは「死をうたふ」「呪ふべき句」と共通している。東洋的諦観の世界に生きる外ない、自分は人生の観照者だ、個から全へ掘り抜けるべきではないかと考えをめぐらすが、山頭火は常に生々しい現実の世界から逃れることはできない。個から全へ掘り抜けることはできず個の世界にとどまっている。

酔っぱらって道端で眠りこんでいる間に行きずりの人にかけてもらった筵のあたたかさに感慨ひとしおである。このような「あたたかさ」を求め続ける。アルコールでもカルモチンでも「カムフラージュ」できない。

Ⅱ　自殺未遂後の二週間

昭和十年八月十日自殺未遂により第二誕生日、回光返照を体験してからの二週間の日々。

昭和十年八月十五日　晴、涼しい、新秋来だ。

徹夜また徹夜、やうやくにして身辺整理をはじめることができた。

五十四才にして五十四年の非を知る。

憔悴枯槁せる自己を観る。

遠く蜩が鳴く。

風が吹く、蒼茫として暮れる。

くつわ虫が鳴きだした。

胸が切ない（肺炎の時は痛かつた）、狭心症の発作であるさうな、そして心臓麻痺の前兆でもあるさうな（私は脳溢血を欣求してゐるが、事実はなか〱皮肉である）。

灯すものはなくなつたが、月があかるい。

徹夜不眠

ほつと夜明けの風鈴が鳴りだした
ずつと青葉の暮れか、る街の灯ともる
遠く人のこひしうて夜蟬の鳴く
踊大鼓も澄んでくる月のまんまるな
月のあかるさがうらもおもてもきりぎりす
月のあかりが日のいろに蟬やきりぎりすや

●心身不調、ひとこいしさ

数日間動けず水分はなんとか補給していたとはいえ生死の境を彷徨した心身への影響は残り不眠に悩まされ、胸部の不調を訴えている。憔悴枯槁せる自己を反省しつつころり往生への思いを綴っている。一方では「ひとこいしさ」から逃れることができない。筵のあたたかさへの思いは強い。みじめなやすらかさを享楽していても捨てきれないものから逃れることはできない。

八月十六日　晴れて涼しい。

今日も身辺整理、手紙を書きつづける。

昨夜もまた一睡もしなかつた、少し神経衰弱になつてゐるらしい、そんな弱さではいけない。

午後、樹明君、敬治君来庵、酒と汽車辯当を買うて、三人楽しく飲んで食べて話した、夕方からいつしよに街へ出かけてシネマを観た、それから少し歩いて、めでたく別れた。

十一日ぶりのアルコール、いやサケはとてもうまかつた。

私にはもう性慾はない、食慾があるだけだ、味ふことが生きることだ。

すずしく風が蜂も蝶々も通りぬける

かたすみでうれてはおちるなつめです

身のまはりいつからともなく枯れそめし草

ねむれなかつた朝月があるざくろの花

月夜干してあるものの白うゆらいで

●心身の不調、不眠、アルコール飲酒

十一日ぶりにアルコールを口にする。同日の亀井岔水宛ての手紙で回復したことを伝えて絶対禁酒は不可能だが「きっと節酒いたします」と誓う。節酒と絶対禁酒の境界はなく容易に踏み越えられる。

八月十九日　晴、朝晩の涼しさよ、夜は冷える。

身辺整理。

今日も手紙を書きつゞける（遺書も改めて調製したくおもひをひそめる）、Kへの手紙は書きつつ涙が出た。

ちよつと学校へ、やうやくなでしこ一袋を手に入れる。

肉体がこんなに弱くては――精神はそんなに弱いとは思はないが――仕事は出来ない。

人生は味解である、人生を味解すれば苦も楽となるのだ。

よき子であれ、よき夫（或は妻）であれ、よき父であれ、それ以外によき人間となる

常道はない。

先日からずゐぶん手紙を書いた、そのどれにも次の章句を書き添へることは忘れなかつた――


　余生いくばく、私は全身全心を句作にぶちこみませう。


これこそ私の本音である。

十七日ぶりに入浴、あゝ風呂はありがたい、それは保健と享楽とを兼ねて、そして安くて手軽である。

純真に生きる――さうするより外に私が生きてゆく道はなくなつた、――この一念を信受奉行せよ。

からだがよろ〳〵する、しかしこゝろはしつかりしてゐるぞ、油虫め、おまへなんぞに神経を衰弱させられてたまるか、たゝたき殺した、踏みつぶした。

また不眠症におそはれたやうだ、ねむくなるまで読んだり考へたりする、……明け方ちかくなつて、ちよつとまどろんだ。

× × ×

不眠症は罰である、私はいつもその罰に悩まされてゐる、十六日の夜は三日ぶりにぐつすりと寝て、生きてゐることのよろこびを感じた、よき食慾はめぐまれてゐる私であるが、よき睡眠は奪はれてゐる、生活に無理があるからだ、その無理をのぞかなければならない。

行乞は一種の労働だ、殊に私のやうな乞食坊主には堪へがたい苦悩だ、しかしそれは反省と努力とをもたらす、私は行乞しないでゐると、いつとなく知らず識らずの間に安易と放恣とに堕在する、肉体労働は虚無に傾き頽廃に陥る身心を建て直してくれる――この意味に於て、私は再び行乞生活に立ちかへらうと決心したのである。

（一部省略）

八月十日を転機として、いよいよ節酒を実行する機縁が熟した（絶対禁酒は、私のやうなものには、生理的にも不可能である）、今度こそは酒に於ける私を私自身で清算することが出来るのである。

今が私には死に時かも知れない、私は長生したくもないが、急いで死にたくもない、生きられるだけは生きて、死ぬるときには死ぬる、――それがよいではないか。

アルコール中毒、そして狭心症、どうもこれが私の死病らしい、脳溢血でころり往生したいのが私の念願であるが、それを強要するのは我儘だ、あまり贅沢は申さぬものである。

颱風一過、万物寂然として存在す、それが今の私の心境である。

卒倒が私のデカダンを払ひのけてくれた、まことに卒倒菩薩である。

ひとりはよろし、ひとりはさびし。

油虫よ、お前を憎んで殺さずにゐない私の得手勝手はあさましい、私はお前に対して恥ぢる。

●ひとりはよろし、ひとりはさびし

一人はよいが一人でいると寂しくなる。ここに山頭火の心の病理がある。一人になってしばらくすると「ひとこひしく」なる。この矛盾した気持から逃れようとして酒を飲み飲んでは失敗を繰り返しながらも、多くの友に支えられ句にみちびかれて生きてきた。「余生いくばく、私は全身全心を句作にぶちこみませう」と全国行乞の旅に出る。

●神経衰弱の病歴

八月十九日山頭火は胸部の不快感、脳溢血の欣求、性慾のなさ、肉体の衰弱とともに、徹夜不眠となり「神経衰弱」になっているらしいと述べている。「油虫」に怒りをぶつけ、神経を衰弱させられてたまるかと叩き殺し踏みつぶす。アルコール依存、カルモチン依存による心身の不調もあるが、若い頃からの持病でもある神経衰弱を無視できない。

山頭火四十歳の大正十一年十二月二十日、退職願を出し東京市役所臨時雇いとして勤めていた一ツ橋図書館を辞職。十二月十日山田国一医師の診断書により「神経衰弱症」、現症として「頭重頭痛不眠眩暈食欲不振等ヲ訴ヘ思考力減弱セルモノノ如ク精神時朦朧トシテ稍健忘症状ヲ呈ス健度時亢進シ一般ニ頗ル重態ヲ呈ス」と記載。

神経衰弱とは身体的、精神的過労に引き続いて生ずる刺激性衰弱状態であり、易疲労性の亢進、主観的な記憶不良、不機嫌で易刺激的な気分、情動失禁、些細な症状を重大な疾患として把握する傾向とともに、身体的には頭部圧迫感、頭痛、不眠、めまい、食欲不振、性欲減退などが認められる。診断書の症状はこれらを満たしている。狭心症に罹り死病らしいと自己判断しているが、些細な身体の不調を重大な疾患に罹っていると思い込んでいる可能性を否定できない。

●神経衰弱前後の生活状況

大正八年十月単身上京。大正九年十一月妻サキノと離婚。退職願を出す二ヵ月前に親友伊藤敬治に「長い間の不自然な生活から来る『つかれ』をしみ〴〵感じました、――最後の一線は最初の一線です、私は更に、また、足場を組み直さなければなりません。」とハガキを出している。

八月二十日　曇。

朝夕の快さにくらべて、日中の暑苦しさはどうだ。

酒にひきづられ、友にさゝえられ、句にみちびかれて、こゝまで来た私である、私は今更のやうに酒について考へ、句について考へ、そして友のありがたさを（それと同時に子のありがたさをも）、感じないではゐられない。……

待つてゐた句集代落手、さつそく麦と煙草とハガキと石油を買ふ。

古雑誌を焚いて、湯を沸かすことは（時としては御飯を炊くこともある）、何だかわびしいものですね（さういふ経験を持つてゐる人も少なくないだらう）。

蝉がいらだたしく鳴きつづける、私もすこしいらいらする、いけないいけない、落ちつけ

〱。

つく〱ぼうしの声をしみ〲よいと思ふ、東洋的、日本的、俳句的、そして山頭火的。

放たれてゆふかぜの馬にうまい草（丘）
ひらひらひるがへる葉の、ちる葉のうつくしさよ
逢ひにゆく袂ぐさを捨てる
誰かくればよい窓ちかくがちやがちや（がちやがちやはくつわ虫）

病中

寝てゐるほかないつく〱ぼうしつく〱ぼうし（楠）
トマト畠で食べるトマトのしたたる太陽
つくつくぼうしがちかく来て鳴いて去つてしまう《マヽ》

八月廿一日　晴。

初秋の朝の風光はとても快適だ、身心がひきしまるやうだ。

どうやら私の生活も一転した、自分ながら転身一路のあざやかさに感じてゐる、したがつて句境も一転しなければならない、天地一枚、自他一如の純真が表現されなけれ

ばならない。

此頃すこし堅くなりすぎてゐるやうだ、もつとゆつたりしなければなるまい、悠然として酒を味ひつつ山水を観る、といつたやうな気持ちでありたい。

生を楽しむ、それは尊い態度だ、酒も旅も釣も、そして句作もすべてが生の歓喜であれ。友よ、山よ、酒よ、水よ、とよびかけずにゐられない私。

八月十日の卒倒菩薩は私から過去の暗影を払拭してくれた、さびしがり、臆病、はにかみ、焦燥、後悔、取越苦労、等々からきれいさつぱりと私を解放してくれた。……

八月廿二日「机上の徳利に蓮芋の葉を活ける、たいへんよろしい、芋の葉と徳利と山頭火とは渾然として其中庵の調和をなしてゐる。」八月廿三日「卒倒してからころりと生活気分がかはつた、現在の私は、まじめで、あかるくて、すなほで、つつましくて、あたたかく澄んで湛へてゐる、ありがたい思ふ。」「俳句がぐつとつかんでぱつとはなつことを特色とするならば、短歌は、ぢつとおさへてしぼりだすことを特色とするだらう。」

八月廿四日「身心ゆたかにして、麦飯もうまい、うまい。」「久しぶりの酒と散歩とがぐつすり睡らせてくれた。」

●卒倒菩薩、一変する生活気分

いらだたしく鳴き続ける蝉にいらいらするが十日経つといつもの山頭火に戻る。酒を味わいつつ山水を観る心境をなつかしく感じて、「友よ、山よ、酒よ、水よ」と呼びかける。余命いくばくか、長生したくもないが急いで死にたくもないと悩み、よろよろする身体に腹を立てて油虫をたたき殺し踏みつぶしていた山頭火の姿は消えてしまった。自殺未遂を転機として節酒を実行する機縁が熟した、酒における自分を清算するのだと意気軒高である。

雨中に卒倒していたことが卒倒菩薩のはからいとなりころりと生活気分が変わった。過去の暗影は払拭され、さびしがり、臆病、はにかみ、焦燥、後悔、取越苦労していた「私」から解放され、「まじめで、あかるくて、すなほで、つつましくて、あたたかく澄んで湛へている」自分に一変する。

Ⅲ　自殺未遂に至る一年半の生活

昭和七年九月山口県小郡町の其中庵に入って一年四ヵ月経過し近在を行乞しながら句作を続けている。昭和八年十二月第二句集『草木塔』を刊行。昭和九年四月病の癒えぬまま其中庵に帰る。昭和十年二月第三句集『山行水行』を刊行。七月九州への短い旅に出て八月三日帰庵。その七日後に自殺を図った。

昭和九年二月から四月の日記とその後の手紙から自殺企図に至る心境の変化、生活気分の変化を検討する。

昭和九年二月七日

快晴、心身やゝかるくなつたやうだ。

昨夜もねむれなかつた、ほとんど徹夜して読書した。

心が沈んでゆく、泥沼に落ちたやうに、――しづかにして落ちつけない、落ちついていていら〳〵する、それは生理的には酒精中毒、心理的には孤独感からきてゐることは、私自身に解りすぎるほど解つてはゐるが、さて、どうしようもないではないか！その根本は何か、それは私の素質（temperament）そのものだ。

生きてゐることが苦しくなつてくる、といつて、死ぬることも何となく恐しい、生死去来は生死去来なりといふ覚悟を持つてゐるつもりだけれど、いまの、この、わたしはカルモチンによつてゞもゴマカすより外はない！

シヨウチユウを二杯ひつかけてきた、むろんカケだ、そして樹明君を訪ねて話す。

風、風がふく、風はさびしい。

昼寝、何ぞ夢の多きや、悪夢の連続だつた。

ほうれん草を摘んで食べた、ほうれん草はうまいかな。

ゆふべ、ぢつとしてゐるにたへなくて山をあるく、この心身のやりどころがないのだ、泣いても笑ふても、腹を立てゝも私一人なのだ。

蓑虫がぶらりとさがつてゐる、蓑虫よ、殻の中は平安だらう、人間の私は虫のお前をうらやむよ。

炬燵をのけたら、何となく寂しい、炬燵は日本の伝統生活を象徴する道具の一つである、家庭生活が炬燵をめぐつて営まれるのである、囲爐裏がさうであるやうに。

火といふものはまことになつかしい、うれしい、ありがたいものである、ぬくいといふよりあたゝかいといふ言葉がそれをよく表現する、肉体をぬくめると同時に心をあたゝめてくれる。

乞食や流浪者はよく焚火をするといふ、私もよく火を焚くのである、そして孤独のもつれをほぐすのである。……

待つてゐた敬坊がやつてきてくれた、間もなく樹明君もきてくれた、お土産の般若湯がうまいことうまいこと。

それから三人で雨の中を街へ、ほどよく飲み直して戻る、樹明君よく帰りましたね、敬治君よく泊りましたね、そして山頭火もよく寝ましたよ。

ほんに、とろ〳〵ぐう〳〵だつた！

　あんたがくるといふけさの椿にめじろ（敬治君に）

こゝろあらためて霜の大根をぬく

ウソをいつたがさびしい月のでゝゐる

ウソをいはないあんたと冬空のした（樹明君に）

手をひいて負うて抱いて冬日の母親として

蓑虫の風にふかれてゐることも
風ふくゆふべの煙管をみがく

●山頭火の気質（素質）

山頭火は心身の不調の変化、不眠、泥沼に落ちたような心が沈んだような気分、焦燥感、孤独感、生理的にやめられない酒精中毒を含めて、根本に「素質（テンペラメント）」があると述べている。不安、恐怖、アルコールとカルモチンへの依存、悪夢、焦燥感、孤独感に悩まされ、自分には縁遠い囲炉裏の「あたたかさ」、炬燵のある家庭生活を憧憬している。仲間と街に出ると「とろ〳〵ぐう〳〵」の状態になる。

山頭火が「素質」と呼んだ「テンペラメント」は医学的には「気質」と訳されている。クレッチマーによれば気質とはある個性全体の特徴をなす情動性の態度である。情動性とは感情生活と情動、気分、情緒および衝動性を含めた概念である。快感と不快感、喜び、怒りの体験および他者と交流する場合に人間を支配する感情の局面であり、愛情、畏敬の念、憎悪、軽蔑などさまざまな色調を含んでいる。表情、声、歩行にも表現される。

情動性は「敏感」から「鈍感」にわたる精神感受性および「快活」と「憂うつ」にわた

る気分状態から成り立っている。情動性は「テンポ」という形で感覚面、知的活動、運動様式において表現される。気質は生理機能、体格、性格とも密接に関係する。
山頭火は敏感な感受性の持主であり、憂うつな気分に支配されて不安、孤独感、憂欝気分、悪夢、焦燥感、怒りに悩まされるがいつもこのような状態に支配されているわけではない。気分の動揺、気分の波が認められ、例えば卒倒菩薩の計らいにより気分が一変する。その情動が変化する状況を具体的に検討する。

二月八日「老眼がひどくなつて読書するのにどうも工合が悪い、妙なもので、老眼は老眼として、近眼は近眼として悪くなる、ちようど、彼女に対して、憎悪は憎悪として、感謝は感謝として強くなるやうに。」「年齢は期待といふことを弱める、私はあまり物事を予期しないやうになつてゐる、予期することが多いほど、失望することも多い、期待すればするだけ裏切られるのである、例へば、今日でも、敬坊の帰庵を待つてはゐたけれど、間違なく、十中の十まで帰庵するとは信じてゐなかつた、彼も人間である、浮世の事はなか〳〵思ふやうにはならない、多分帰庵するだらうとは思ふけれど、或は帰庵しないかも知れないと思ふ、だから私は今夜失望しないではなかつたけれども、あんまり失望はしなかつた、――これは敬坊を信じないのではない、人生の不如意を知つてゐるからである。」「石油がきれたのには困つた、先日来の不眠症で、本でも読んでゐないと、長い夜がいよ〳〵ますます長くなるのである。銭がほしいな、一杯やりたいな、と思つたところでいたし方もありません。」

二月九日「やりきれなくなつて、街まで出かけて熱い湯にはいる、戻つてくると、庵には灯がついてゐる、敬坊が炬燵にぬく〳〵と寝てゐるのだつた。酒と米とを持つてくることを忘れない彼は涙ぐましい友情を持ちつゞけてゐる、彼に幸福あれ、おとなしく飲んで、いつしよに寝る、一枚の蒲団も千枚かさねたほどあたゝかだつた。……」

　春めいた夜のわたしの寝言をきいてくれるあんな《マヽ》がゐてくれて（敬治君に）

　酔うていつしよに蒲団いちまい（敬君に、樹明君に）

二月十日「アルコールのおかげで、ぐつすり寝られた、同時にそのまたおかげで胃が悪い、ありがたくもありありがたくもなし、か。」「待つてゐた三人がやつてきた、枯枝を焚いて酒をあたゝめ飯をたく、ヂンギスカン鍋はうまかつた、みんな酔ふた。それから三人は街へ、どろ〳〵どろ〳〵になる、私は私の最後の一銭まではたいた。私が最初に帰庵、それから敬君、最後に樹明君、一枚のフトン、一つのコタツに三人が寝た。」
二月十一日「身心の憂鬱やりどころなし、終日臥床、まるで生ける屍だ。」

かうしてこのまゝ、死ぬることの、日がさしてきた

壁にかげぼうしの寒いわたくしとして

二月十三日「倦怠、無力、不感。夜を徹して句作推敲（この道の外に道なし、この道を精進せずにはゐられない）。」

はれてひつそりとしてみのむし

ふくらうはふくらうでわたしはわたしでねむれない

二月十四日「どうも憂鬱だ、無理に一杯ひつかけたら、より憂鬱になつた、年はとりたくないものだとつく〴〵思ふ。畑仕事を少々やつてみたが、ます〳〵憂鬱になる、読書すればいよ〳〵憂鬱だ。春風よ、吹きだしてくれ、私は鉢の子一つに身心を託して出かけやう、へう〳〵として歩かなければ、ほんたうの山頭火ではないのだ！」

冴えかへる月のふくらうとわたくし

恋のふくらうの冴えかへるかな

●憂うつな気分

二月八日から一週間憂うつな状態は続き老眼を苦にし年齢を想い友の帰庵に一喜一憂する。それを人生の不如意に結びつけ友と出かけて最後の一銭まではたいてどろどろになる。一緒に炬燵に入ると一安心するが倦怠、無力、不感であり、心身の憂うつはやりどころなく終日臥床して生ける屍のように感じる。酒を引っかけても畑仕事をしようとしても読書しても憂うつは取れない。気持ちを切り替えて行乞に出ようとする。

二月十五日
雪、雪はうつくしいかな、雪の小鳥も雪の枯草も。
わらやふるゆきつもる——これは井師の作で、私の書斎を飾る短冊に書かれた句であるが、今日の其中庵はそのまゝの風景情趣であつた。
ふりつもる雪を観るにつけても、おもひだすのは一昨年の春、九州を歩いてゐるとき、宿銭がなくて雪中行乞したみじめさであつた（如法の行乞でないから）、そのとき、私の口をついて出た句——雪の法衣の重うなりゆくを——その句を忘れることができない。（一部省略）

晩の雑炊はおいしかつた、どうも私は食べ過ぎる（飲み過ぎるのは是非もないが）、一日二食にするか、一食は必らずお粥にしよう。（一部省略）

何を食べてもうまい！　私は何と幸福者だらう、これも貧乏と行乞とのおかげである。

句作道は即ち成仏道だ、句を味ふこと、句を作ることは、私にあつては、人生を味ふこと、生活を深めることだ。

主観と客観とが渾然一如となる、或は自己と自然とが融合する、といふことも二つの形態に分けて考察するのがよい、即ち、融け込む人と融かし込む人、言ひ換へれば、自己を自然のふところになげいれる人と、自然を自己にうちこむ人と二通りある、しかし、どちらも自然即自己、自己即自然の境地にあることに相違はないのである。

人間に想像や空想を許さないならば、そこには芸術はない、芸術上の真実は生活的事実から出て来るが、真実は必ずしも事実ではない（事実が必ずしも真実でないやうに）、芸術家の心に於て、ありたいこと、あらねばならないこと、あらずにはゐられないこと、それは芸術家の真実であり、制作の内容となるのである。

内容は形式を規定する、同時に、形式も内容を規定する、しかし、私は内容が形式を規定する芸術を制作したい。

俳句的内容を持つて俳句的形式を活かす俳人でありたいのである。

高くして強き感情、何物をも——自己をも燃焼せしめずにはおかないほどの感情、その感情から芸術——詩は生れる、自己燃焼がやがて自己表現である。

雪ふる火を焚いてひとり
ひとつやにひとりの人で雪のふる
誰も来ない木から木へすべる雪
少年の夢のよみがへりくる雪をたべても
こちらむいて椿いちりんしづかな机
身にちかくふくらうがまよなかの声

●発揚気分へ転換

山頭火の気分は一夜にして変化する。「私は何と幸福だろう」と至福感、発揚気分に満たされる。「銭がほしいな」と貧乏を嘆いていたのが貧乏に感謝し行乞に感謝する。主観と客観とが渾然一体となり自己と自然が融合し自然即自己、自己即自然となり、自己を燃焼せずにはおかない「強き感情」から芸術、詩が生れると主張する。気分状態は憂うつから対極をなす発揚気分に一変し「強き感情」に支配され快活な気分に満たされる。

二月十六日「霜晴れ、霜消し一杯！」二月十七日「樹明来、昨夜の酔態を気にかけてゐる、酔うて乱れないやうにならなければ、人間は駄目、生活も駄目だ。身心ぼんやり、大風一過の気分、凝心ばかりではいけない、私は放心を味ふ、いや楽しむ。いつでも餓死する覚悟があれば、日々好日であり事々好事である。何のおそれるところもなく、何のかなしいものもない。食べることが生きることになる、といふ事実は、老境にあつては真実でないとはいへまい。」二月十八日「雨、しと〳〵と春めいて降る、出立を延ばした。」「餅を食べつゝ、少年時代に餅べんたうを持つて小学校に通うたことをおもひだす、餅のうまさが少年の夢のなつかしさだ。アルコールのおかげで、ぐつすり一ねむり、それから読書。」二月十九日「久しぶりの行乞の旅である」「黎々火居に地下足袋をぬいだ、君はまだ帰宅してゐない」「待ちきれなくて、勧められるまゝに、ひとりで酒をいたゞき餅をいたゞく、酒もうまく餅もうまい、ありがたいありがたい。」

二月二十日「公園の入口でひよつこり星城子君にでくわす、入浴、身心やゝかろし、酒、飯、話。」二月廿二日「入雲洞居へ、あつい風呂はうれしかつた、酒も肴もおいしかつた」

二月二十三日「もつたいなくも朝酒頂戴。」「こんなに我儘ではいけないとも思ひ、これだけ他の供養をうけてはすまないとは思ふのだが。――夜は句会、とほる君、箕三楼君、入雲洞君、そして私、つゝましい、たのしい会合だつた。」

●句作道即成仏道

山頭火にとって句作は人生そのもの生活そのものであり、憂うつ状態でも発揚状態でも精力的に句作しているが、憂うつな時期ではやりきれなさ、さびしさ、影、死などが詠まれている。

二月廿五日「朝からかしいわでゝ酒の贅沢三昧。黎々火君とは駅で別れる、君は上りで門司へ、私は下りで糸田へ。一時にはもう緑平居に落ちついて、湯豆腐で一杯二杯三杯だつた。緑平老はまことに君子なるかな。急に左半身不髄の症状に襲はれた、積悪の報いたしかたなし、飲みすぎ食ひすぎはつゝしむべし。」

逢うてうれしくボタ山の月がある

緑平居

ふきのとう、焼いてもらふ

二月廿六日「左手が利かない、身体が何だか動かなくなりさうだ、急いで帰庵することにする、八時出立、直方までは歩いた、それから折尾まで汽車、八幡まで歩く、門司まで汽車、下関へ汽船、それから黎々火居まで歩いて一泊、黎々火君の純情にうたれる。私もいよ〳〵本格的廢人になりさうだ、本格的俳句が出来るかもしれない。ヒダりはかなはなくても飲むことは飲める、水はなか〳〵酒にならない、酒は水になりやすいが。酒と心中したら本望だ。」

けさはおわかれの太陽がボタ山のむかうから（緑平居）

また逢へようボタ山の月が晴れてきた

二月廿七日「九時帰庵、其中一人のうれしさよ。さつそく樹明君を訪問する」「酒を食べ鮨を食べる、酔うて寝る。」

二月廿八日「片手の生活、むしろ半分の生活がはじまる。不自由を常とおもへば不足なし、手が二本あつては私には十分すぎるかも知れない、一つあれば万事足る生活が、よろしい。街へ米買ひに、――食べずにはゐられないことは困つたことだ。身辺整理、――遺書も認めておかう。樹明君が病状見舞に来てくれる、酒と下物とを持つて。死を待つ心、おちついて死にたい。」

もう一杯、柄杓どの（酔いざめに）

三月二日「不自由不愉快」

三月三日「樹明君を往訪して、帰庵して、御馳走をこしらへて待つ、待ちきれなくて街をあるく、帰つてみれば、樹明君はちやんと来てゐて、御馳走を食べてゐる、さしつさゝれつ、とろとろとなる、街へ出てどろ〳〵となつて別れる。」

みんな酔うてシクラメンの赤いの白いの

すげなくかへしたが、うしろすがたが、春の雪ふる（樹明に）

三月四日「樹明君が朝も晩もやつてきて、昨夜の酔態をくやしがる。雪がとけて風がふく、さみしいな、やりきれないな。」三月五日「形影問答、年はとりたくないものだのう、さうだのう。……」「風呂にはいる、身心やゝ解ける。」

●左上肢の麻痺

山頭火は昭和十五年十月十日脳出血を発症して死亡したが、最初の徴候は昭和九年二月廿六日に認められ、左手の不自由と身体の不調を自覚している。一過性の脳虚血発作により左手の不全麻痺が生じたものと思われる。三月四日「身心がやや解ける。」その後、記載はなく自然治癒したのであろう。その間も友と出かけては酔っ払ってどろどろになる。本格的廃人になることを恐れてはいるが酒と心中したら本望だとアルコールへの依存を断つことはできない。

三月六日

雪、雪、寒い、寒い。

母の祥月命日、涙なしには母の事は考へられない。

終日独居。

友はありがたいかな、私の親子肉縁のゆかりはうすいが、友のよしみはあつい、うれしいかな。

忘れられた酒、それを台所の片隅から見出した、いつこ、にしまつてゐたのか、すつかり忘れてゐた、老を感じた、その少量の酒をすゝりながら。……陶然として、悠然として酔ふた、寝た、寝た、宵の七時から朝の七時まで寝つゞけた。

死ねる薬はふところにある日向ぼつこ

●母の祥月命日

気持ちの奥底にあるもの、捨てきれないもの、清算できないもの、胸中を右往左往するものは「過去の一切」であり、それは母の死にはじまる。

母親フサは山頭火九歳三ヵ月尋常高等小学校二年生の明治二十五年三月六日、屋敷内の深井戸に身を投げた。地方名士である夫は放蕩に明け暮れていた。山頭火は井戸から引き揚げられた母親の遺体を目撃したという。井戸は縁起が悪いと間もなく埋められた。山頭火には姉と妹、弟がいる。孫たちの養育を引き受けた祖母の口癖は「業やれ業やれ」であった。昭和十二年十一月二十七日「あゝ亡き母の追憶！　私が自叙伝を書くならば、その冒頭の語句として、——私一家の不幸は母の自殺から初まる、——と書かなければならない、しかし、母よ、あなたに罪はない、あなたは犠牲となられたのだ。」

三月七日「草が萌えだした、虫も這ひだした、私も歩きださう。」「心臓がわるい、心臓はいのちだ、多分、それは私にとつて致命的なものだらう。どうせ畳の上では往生のできない山頭火ですね、と私は時々自問自答する、それが私の性情で、そして私の宿命かも知れない！」三月八日「新酒二合の元気で、街へ山へ。酔はねばさびしいし、酔へばこまるし。」三月九日「やぶれかけた心臓が私に自然的節酒ができるやうにしてくれました。」三月十日「今夜は多少の性慾を感じた、それがあたりまへだ、人間は人間でよろしい、枯木寒巌になつては詰らない。」三月十一日「朝酒はよいかな、よいかな。」「酒ぼいとう！　おもしろい方言ではないか。」三月十二日「待てども樹明来らず、私一人で飲んで食べて、そして寝た、そこへやつてきた樹明、そして私、何だか二人の気持がちぐはぐで、しつくりしなかつた。」

三月十三日「一杯機嫌で映画館にはいつた、何年ぶりのシネマ見物だらう」「手足多少の不自由、何だか、からだがもつれるやうな。」

　生きてゐるもののあはれがぬかるみのなか

三月十四日「夕方、約の如く敬治君が一升さげて来てくれた、間もなく樹明君が牛肉をさげて来た、久しぶりに三人で飲む、そして例の如くとろ〳〵になり、街に出かけてどろ〳〵になつて戻つた。」

この道しかない春の雪ふる

かげもいつしよにあるく

三月十五日「雪が降りしきる、敬君を駅まで見送る、一杯やる、雪見酒といつてもよい。」

三月十六日「雪、しづかな雪であり、しづかな私だつた。おとなしく新酒一本、それで沢山。」

うれしいたよりもかなしいたよりも春の雪ふる

三月十七日「旅立つ用意をする。」三月十八日「なしたい事、なすべき事、なさずにはゐられない事。早く旅立ちたい。――樹明来、同道して散歩、そしていら〳〵どろ〳〵。」

三月十九日「花ぐもりだ、身心倦怠。」三月二十日「倦怠、倦怠、春、春。」三月廿一日「お彼岸の中日」、「出立の因縁が熟し時節が到来した」「酔歩まんさんとして出かける」「とう〳〵出立の時間が経過してしまつたので、庵に戻つて、さらに一夜の名残を惜しんだ。」

●再び憂うつ気分へ

母親の祥月命日の少し前から酔態を悔やみ、さみしい、やりきれないという言葉がみられるがいよいよその気持ちが強くなる。心臓を気にし寿命を気にし節酒を考え強く倦怠感を自覚する。神経衰弱の症状である。朝酒を楽しむ自分を「酒ぼいとう」と自嘲する。幸福感に満たされていた強き感情は消失して逃れるように行乞の旅に出ようとする。

三月廿二日「私は出て行く、山を観るために、水を味ふために、自己の真実を俳句として打出すために。」三月廿三日「夜は楽しい集り」三月廿四日「春雨、もう旅愁を覚える、どこへいつてもさびしいおもひは消えない。」「澄太君が描いてくれた旅のコースは原稿紙で七枚、それを見てゐると、前途千里のおもひにうたれる、よろしい、歩きたいだけ歩けるだけ歩かう。青天平歩人——清水さんの詩の一句である。しぜんに心がしづみこむ、捨てろ、捨てろ、捨てきらないからだ。」

三月廿五日「黙壺君の友情以上のものが身心にしみる、私は私がそれに値しないことを痛感する。……四時神戸上陸」

旅も何となくさびしい花の咲いてゐる

神戸、有馬、深草、京都、津島、名古屋、木曽、飯田への記事はほとんどなく句のみが録されている。伊那谷飯田町に辿りついたところで肺炎に罹患。地元川島医院に四月十五日から二十八日まで入院。其中庵に引き返した。田代俊和和尚への葉書である。

「春風の鉢の子一つで出かけてきましたが、もろくも当地で倒れました、蛙堂老のお世話になつてをりましたけれど、便所へも行けなくなつたので入院いたしました」

●循環気質、多血質、煙霞癖、行乞

山頭火には大きな破綻をきたすわけではないが、憂うつから発揚へと変化する気分変調が認められる。クレッチマーによる循環気質の傾向が強い。循環気質の人は一般的に素直で自然な人間であり開放的で親切で情が深く心を引かれやすい。芸術的才能に恵まれると伸び伸びとした描写をする写実主義作家、善良で情の深いユーモア作家が生まれる。山頭火に共通するところが多い。

尋常中学校時代の同級生青木健作によれば「度の強い近眼鏡をかけた、元気そうな赤い顔は今にまざまざと眼前に髣髴し得るのだ。見るからに多血質な気味だった」と追想している。当時オコゼという綽名がついていた。クルト・シュナイデルは多血質についてカント『人間学』の「快活者の多血気質」に触れている。多血気質者は暢気であり何事もその瞬間は重大であるとかこつけるが、次の瞬間にはもはやそのことを考え続けようとしない。約束する時は誠実であるがその言葉を守ろうとはしない。約束を守る力が自分にあるか否かを十分に深く反省しない。債務者になっては始末が悪くいつも期限の延期を願い出る。何かのことで甚だ後悔はしてもすぐに忘れる。疲れはしても休みなく仕事に没頭している。山頭火はこのような多血質の特徴も有している。

循環気質と多血質は山頭火の行動に大きな影響を与え行乞流転の旅と自由律俳句活動のエネルギーになっている。特に憂うつな気分が強くなるとそれからの脱却を目指すように行乞の旅に出ようとする。行乞は憂うつな気分からの回復を目指すための自助努力と理解できよう。

●孤独から行乞流転へ

大正十二年九月一日、関東大震災に被災して避難中憲兵に拉致され巣鴨刑務所に拘置。

九月末どん底の状態で熊本に帰るが、別れた妻が営む「雅楽多」には寄れずに郊外の問屋の蔵の二階に仮寓する。

大正十三年十二月、泥酔状態で熊本市公会堂を進行中の電車を急停車させる事件を引き起こす。禅寺の報恩寺に連れて行かれ出家得度することとなった。

大正十四年二月、肥後の片田舎なる味取観音堂守となるが、それはまことに山林独住の、しずかといへばしづかな、さびしいと思へばさびしい生活であった。

松はみな枝垂れて南無観世音

山頭火自選句集『草木塔』の冒頭の句

大正十四年四月解くすべもない惑ひを背負うて、行乞流転の旅に出た。

分け入つても分け入つても青い山

山頭火は自ら「不治の宿痾」と診断した煙霞癖により感冒に罹ったように日本中を風の如く水の流れる如く雲の流れる如く行乞し、友と出合い酒を飲みどろどろとなった。行乞第一歩から寂しい生活に耐えられなかった。不治の宿痾と気質と煙霞癖は三位一体をなしている。

四月廿九日、暮れて八時過ぎ、やうやく小郡に着いた、いろ〳〵の都合で時間がおくれたから、樹明君も出迎へてゐない、労《マヽ》れた足をひきずつて、弱いからだを歩かせて、庵に辿りついた、夜目にも雑草風景のすばらしさが見える。……

風鈴が鳴る、梟が啼く、やれ〳〵戻つた、戻つた、風は吹いてもさびしうない、一人でも気楽だ、身心がやつと落ちついた。

すぐ寝床をのべて寝た、ぐつすりとゆつくりと寝た！

　ふるさとはすつかり葉桜のまぶしさ

　やつと戻つてきてうちの水音

　わらやしづくするうちにもどつてる

　雑草、気永日永に寝てゐませう（病中）

六月二十二日　木村緑平宛てハガキ

私は先日来、身心がみだれて困つてをりましたが、やうやく落ちつきました、新緑の季節はどうもいけません、こんなことをあなたにおたのみしていいかどうかは別として、目下、私がたいへん困つてをりますので健にいくらでも送つてくれるやうに伝へて下さいませんでせうか、直接にはとてもく〵です、どうぞよろしく。

病みほほけて帰庵

草や木や生きて戻つて茂つてゐる　　山頭火
もう死んでもよい草のそよぐや
ここを死に場所とし草のしげりにしげり

●新緑病

山頭火は新緑の季節が苦手である。昭和七年二日「雨、いかにも梅雨らしい雨である、私の心にも雨がふる、私の身心は梅雨季の憂鬱に悩んでゐる。」と沈んでいるが、八月十一日には「今日は暑かつた、吹く風が暑かつた、しかし、どんなに暑くても私は夏の礼賛者だ、浴衣一枚、裸体と裸体とのしたしさは夏が、夏のみが与へる恩恵だ。」と元気になる。

この時期の不調については大正四年「層雲」でも触れている。

「梅雨が霽れました、澄み切つた空を仰ぐと身も心ものび〳〵として歌ひたくなります、私の新緑病もすつかり快くなりました、落ちついた、しつかりした歩調で進みたいと思ひます。」

憂うつ気分は気質に関係しているが、気分変調には季節性があり自ら「新緑病」と名づけている。季節性感情障害に共通するところがある。

息子の健が二日後の五月一日見舞いに来た。

九月七日付　飯尾星城子宛て封書

皆さまおかはりないでせう、私はどうにもかうにもやりきれない気持です、いら〳〵して、そのくせ、めそめそして、何をしても変質的になります。

借金はサナダムシのやうなものですね、春から夏へかけての不始末は、緑平老が当面だけは糊塗してくれましたが、その残滓が苦しめます。

身から出た錆をあなた方に落として下さいとはいへた義理ではありませんが、何とかなりますまいか、かうなれば奉賀帳でも何でも構ひません（いくらでも）。句だけは作つてをります、今生の最後のものとして私自身をしつかりとはつきりとうたひます。こんな手紙、失礼といふよりも恥晒しですね、老来ますます惑ふこと多し。——

種田山頭火

十一月七日付　木村緑平宛て封書

人生とは何か。それは持つて生れて来たものを打出すことだと思ひます、その人のみが持つもの、その人のみが出し得るものを表現することだと信じます、私は私を全的に純真に打出し表現する——こゝに、こゝにのみ、私の生きてゆく道があります、幸にして、私はアルコール渇望からだんだん離れてゆきつつあります、晩酌一合二合に満ち足るやうになるでせう、そしてからだのぐあいの悪いのもこの程度ならば却つて好都合です、私はたつしやだとあばれずにはゐられないのです、猫であるのに鼠になりたがるのです。……

もう書きますまい、お互に老躰をいたはりませう、そして何よりもほんたうの句をつくりませう、私には明日の句は作れませんけれど、今日の句はまだ作れると自惚れてをります（芭蕉や蕪村や一茶の作は昨日の句であるに相違ありません）。どうぞ奥様によろしく。

とにかくも生かされてゐる雑草の中

雑草生活を祝福します。

●芭蕉、蕪村、山頭火

芭蕉や蕪村を引き合いに出して、山頭火は「今日の句」は作れるが「明日の句」は作れないと述べている。この自惚れは循環気質に基づく躁うつ的な気分変調と関係している。憂うつな気分でも「強き感情」に支配されても、日々気分が変調するなかで「明日の句」を作ることは困難であろう。山頭火は「今日」の時間を生きる人間であり赤裸々な心配、煩悶、躊躇を感覚的、知覚的、直感的に詠った。

鈴木大拙は芭蕉の「蛙とびこむ　水の音」を取り上げて、ここでの体験は心の意識の外殻を通り抜けて最深の奥処に不可思議の領域に、いわゆる無意識を超えた「無意識」のなかに入っており、芭蕉の古池は「時間なき時間」を有する永久の彼岸に横たわっており、蕪村の「釣鐘に　とまりて眠る　胡蝶哉」についても、そこには人間の心配、煩悶、躊躇などの人間の分別からはまったく自由な宇宙的無意識といったものが詠われていると指摘している。山頭火は芭蕉や蕪村や一茶の句を「過去の句」と述べたが、その過去はこれ以上「古い」もののない「古さ」であり、どんな規模の意識をもってしても推し量ることのできない万物の生ずる根源の世界と関係している。山頭火の過去は友と出合い酒を飲みどろどろとなって懺悔し反省し詫び手紙を出す過去である

●山頭火の悲劇

三宅酒壺洞が昭和五十年九月「宗教文化」に興味ある一文を寄せている。

山頭火のようなどろどろとした人間生活は、ついに孤であり個の文学としての彼自身の身の俳境でしかなかつた。彼は、行乞の旅をつづけながらも、つねに心底にうごめいていたのは、別れた妻へ、安住できそうな家庭への執着であつた。それができなかつたところに彼の悲劇があつたので、真の世捨て人では実はけつしてなかつたと思う。わたしは、そのような特殊の境遇というか境遇のなかで苦吟していつた彼の俳句に、心をうたれるもののあることを認め、かつ相当の評価を与えてよいとおもうので

ある。

村上護は山頭火には精神的な面において澄んだ時と濁った時があり、その振幅は大きく濁った時には常軌を逸して性格破綻ともいえる行動に走り、どちらも本当の山頭火であり容易に正否の判断は下せないとしている。背景には神経衰弱の病歴、循環気質、多血質、新緑病といった体質的な病理に加えて、三宅酒壺洞が指摘した安住できなかった家庭への強い執着があり、はじまりは母親の自殺であった。

Ⅳ　昭和十年という年

山頭火は昭和十年十二月二十日「遠い旅路をたどりつつ」でこの年を振り返っている。

私は雑草的存在に過ぎないけれどそれで満ち足りてゐる。雑草は雑草として、生き伸び咲き実り、そして枯れてしまへばそれでよろしいのである。

或る時は澄み或る時は濁る。——澄んだり濁ったりする私であるが澄んでも濁っても、私にあっては一句一句の身心脱落であることに間違ひはない。
この一年間に於て私は十年老いたことを感じる。（十年間に一年しか老いなかったこともあったように）そしてますます惑いの多いことを感じないではゐられない。かへりみて心の脆弱句の貧困を恥じ入るばかりである。

文献

『山頭火日記』（一）（春陽堂、1989）
『山頭火日記』（二）（春陽堂、1989）
『山頭火日記』（三）（春陽堂、1989）
『山頭火日記』（四）（春陽堂、1989）
『山頭火日記』（五）（春陽堂、1989）
『山頭火日記』（六）（春陽堂、1989）
『山頭火アルバム』（村上護編）（春陽堂、1986）
『山頭火著作集　Ⅳ』草木塔（自選句集）（潮文社新書、1994）
『種田山頭火』（新潮日本文学アルバム）（新潮社、1993）
村上護『山頭火の手紙』（大修館書店、1997）八月十六日付亀井岔水宛て封書、自殺未遂　301-302.
ibid. 八月十九日付木村緑平宛て封書、身辺整理　305-307.

ibid. 明治四十四年回覧雑誌、煙霞癖　136-137.
ibid. 神経衰弱　74-76.
ibid. 昭和十二年十一月二十七日日記、亡き母の追憶　11.
ibid. 川島医院からのハガキ、289.
ibid. 九月七日付飯尾星城子宛て封書、新緑病　34-35.
ibid. 十一月七日付木村緑平宛て封書　295-300.
ibid. 三宅酒壺洞の一文　177.
クレッチマー（西丸・高橋訳）『医学的心理学　Ⅱ』（みすず書房、1969）
クルト・シュナイデル（懸田克躬訳）『精神病質人格』（みすず書房、1968）
鈴木大拙（北川桃雄訳）『禅と日本文化』（岩波新書、1983）

第三章　喪失体験の精神病理

I　母親の喪失

1.「母よ、不孝者を赦して下さい」

昭和十五年三月六日　（母親の四十九回忌）

けさもずゐぶん早かつた、早すぎた、何もかもかたづいてもまだ夜が明けなかつた。

亡母第四十九回忌、御幸山大権現祭日、地久節、母の日週間。

出校の途次、一洵さん立ち寄る、母へお経をよんでくれる、ありがたう、望まれて近詠少々かいてあげる、いづれ何かの埋草になるのだらう。

道後で一浴、爪をきり顔を剃る、さつぱりした。

仏前にかしこまつて、焼香諷経、母よ、不孝者を赦して下さい。


母親フサは明治二十五年三月六日、山頭火が九歳三ヵ月尋常高等小学校二年生のとき、屋敷内の釣瓶井戸に身を投げて自殺した。山頭火はその引き揚げられた遺体を目撃したという。母親の自殺は乗り越えることのできない心の外傷となった。昭和九年三月六日「母の祥月命日、涙なしに母の事は考へられない」

昭和十二年十一月二十七日次のように告白している。

あゝ亡き母の追懐！　私が自叙伝を書くならば、その冒頭の語句として、――私一家のいゝいゝかゝいゝいゝいゝ不幸は母の自殺から初まる、――と書かなければならない、しかし、母よ、あなたに罪はない、あなたは犠牲となられたのだ。

昭和十五年四月一代句集の意気込みで刊行した自選句集『草木塔』（東京・八雲書林）は、母親に捧げられている。

若うして死をいそぎたまへる
母上の霊前に
本書を供へまつる

離婚した熊本の妻サキノのもとに転がり込んでいた山頭火は大正十三年十二月泥酔して市電を停車させる騒動を引き起こした。市内の曹洞宗報恩禅寺に連れて行かれ、大正十四年二月望月義庵導師によって出家得度、味取の観音堂の堂守となった。

道元禅師は「父母の報恩等の事」について、在家の場合は「死後にも報恩の行いをすることは、世間の人がみな知っている」が、出家は「父母の恩を捨て、無為の仏道に入ることであり、「出家のやり方は、恩を自分ひとりの父母に限って考えない」「これが出家としての無為の生き方にそむかないことである」と述べておられる。出家後の行乞放浪の旅はこのような仏道修行の生き方とは程遠いものであった。

『草木塔』に見る心の軌跡

昭和七年刊行第一句集『鉢の子』より

大正十五年四月解くすべもない惑ひを背負うて、行乞流転の旅に出た。

分け入つても分け入つても青い山

生を明らめ死を明らむるは仏家一大事の因縁なり（修証義）

生死の中の雪ふりしきる

昭和四年も五年もまた歩きつづけるより外なかつた。あなたこなたと九州地方を流浪したことである。

わかれきてつくつくぼうし

捨てきれない荷物のおもさまへうしろ

昭和六年、熊本に落ちつくべく努めたけれど、どうしても落ちつけなかつた、またもや旅から旅へ旅しつづけるばかりである。

　自嘲

うしろすがたのしぐれてゆくか

昭和十年二月其中庵で刊行された第三句集『山行水行』より

　山あれば山を観る

雨の日は雨を聴く

春夏秋冬

あしたもよろし

ゆふべもよろし

私は長い間さまようてゐた。からだもさまようてゐたばかりでなく、こころもさまようてゐた。在るべきものに苦しみ、在らずにはゐないものに悩まされてゐた。そしてやうやくにして、在るものにおちつくことができた。そこに私自身を見出したのである。

このように『存在の世界』を再認識して再出発したはずであったが、八月六日カルモチンを大量に服薬して自殺を図る。

昭和十一年二月第四句集『雑草風景』より

病中五句

死んでしまへば、雑草雨ふる

私は雑草的存在に過ぎないけれどそれで満ち足りてゐる。雑草は雑草として、生え伸び咲き実り、そして枯れてしまへばそれでよろしいのである。

或る時は澄み或る時は濁る。——澄んだり濁つたりする私であるが、澄んでも濁つても、私にあつては一句一句の身心脱落であることに間違ひはない。

昭和十二年八月第五句集『柿の葉』より

昭和十年十二月六日庵中独座に堪へかねて旅立つ

水に雲かげもおちつかせないものがある

悔いるこころの曼珠沙華燃ゆる

やつぱり一人がよろしい雑草

やつぱり一人はさみしい枯草

自己陶酔の感傷味を私自身もあきたらなく感じるけれど、個人句集では許されないでもあるまいと考へて敢て採録した。かうした私の心境は解つてもらへると信じてゐる。

昭和十四年一月第六句集『孤寒』より

母の四十七回忌

うどん供へて、母よ、わたくしもいただきまする

『旅心』より

ふるさとはちしやもみがうまいふるさとにゐる
うまれた家はあとかたもないほうたる

孤寒といふ語は私としても好ましいとは思はないが、私はその語が表現する限界を彷徨してゐる。私は早くさういふ句境から抜け出したい。この関頭を透過しなければ、私の句作は無礙自在であり得ない。（孤高といふやうな言葉は多くの場合に於て夜郎自大のシノニムに過ぎない。）

私の祖母はずゐぶん長生したが、長生したがためにかへつて没落転々の憂目を見た。祖母はいつも「業《ごふ》やれ業やれ」と呟いてゐた。私もこのごろになつて、句作するとき（恥かしいことには酒を飲むときも同様に）「業《ごふ》だな業だな」と考へるやうになつた。祖母の業やれは悲しいあきらめであつたが、私の業だなは寂しい自覚である。私はその業を甘受してゐる。むしろその業を悦楽してゐる。

悲惨な出来事のなかで孫たちの養育を引き受けさせられた祖母の口癖は「業やれ業や

れ」であった。父親と祖母、長男である正一少年（山頭火）は母親の遺骨を京都西本願寺に納めるため三田尻港から大阪まで船旅をした。祖母は熱心な門徒であった。

『一人一草』より

昭和十四年朧月十五日松山知友の厚情に甘え、縁に随うて、当分、或は一生、滞在することになつた。

一洵君に

おちついて死ねさうな草枯るる

（死ぬことは生まれることよりもむつかしいと、老来しみじみ感じないではゐられない。）

だんだん似てくる癖の、父はもうゐない

母の第四十九回忌

たんぽぽちるやしきりにおもふ母の死のこと

わが庵は御幸山すそにうずくまり、お宮とお寺とにいだかれてゐる。老いてはとかく物に倦みやすく、一人一草の簡素で事足る。所詮私の道は私の愚をつらぬくより外にはありえない。

おちついて死ねさうな草萌ゆる

自省

蠅を打ち蚊を打ち我を打つ

一草庵裡山頭火の盆は

トマトを掌に、みほとけのまへにちちははのまへに

●母親の喪失、感情障害

母親の自殺は山頭火九歳三ヵ月、弟　二郎は五歳、ほかに姉と妹、二歳の末弟がいた。幼小児期に両親の一方あるいは双方を失った者、特に十一歳以前に母親を失った者にうつ病の発症率が高いことが知られている。両親により自尊心や自我同一性への肯定的感情を

満たされる。母親喪失の感情がそれに代わる養育者によっても満たされなければ子どもの自尊心は大きく傷つけられる。自責的となり、自分にも罪があるという感情を抱く。

一家を襲った苦境のなかで祖母は孫たちの養育に努めたが、母親の役割を埋めることはできなかった。山頭火は早稲田大学時代から神経衰弱に悩まされ不眠に悩まされ、それから逃れるようにアルコール、カルモチンへの依存を強める。

2. 次弟の自殺

山頭火三十六歳の大正七年七月十八日遺書を残して次弟 二郎が肥後の山中で縊死した。検視によれば卅日間位を経過している様子であった。

山頭火が受取った遺書

愚かなる不幸児は愛宕村の山中に於て自殺す
天は最早吾を助けず人亦我輩を憐れまず此れ皆身の足らざる所至らざるの罪ならぬ
喜ばしき現世の楽むべき世を心残れ共致し方なし生きんとして生き能はざる身は只自滅する外道なきを

大正七年七月十八日
最後に臨みて
かきのこす筆の荒びの此跡も苦しき胸の雫こそ知れ
帰らんと心は矢竹にはやれども故郷は遠し肥後の山里

遺書の最後に、醜遺体を発見された方は実兄種田正一に通報くださるように依頼している。弟二郎は母の自殺後に里子に出され、種田家が破産したことにより迷惑をかけたとそこを追い出され浪々の身となっていた。

姉宛の遺書も残されていた。

夜色次第にせまるこゝ、今宵限り命なる哉、五才慈母の手を離れ西奔東蹤苦痛より苦惨の半生涯も遂に天なく地なく人の憐れさへなく是れ前世の罪障業因の尽きざる所か今や死に臨み故郷一人の姉が身の上を思へば涙澎沱として下る　さらば姉よ　さらば慈深かりし姉よ七月十三日の再会は遭ふは別れの初めなりしぞかし
七月十八日午後七時

故郷をはなれ〳〵て玖珂の山一人の姉や今やいかにも

緒方晨也に「氏の人生に対する悶々の情は、酒の匿場なくてどうにもならぬものらしかつた。一度アルコールが体内にはいると、いつものしょぼしょぼした眼付ではなく、底光りのする凄みをおびた小さな眼を度の高い近眼鏡の底に据えながら能弁にもなつた」「私もつまりは自殺するでせうよ。母が未だ若くして父の不行跡に対して、家の井戸に身を投げて抵抗し、たつた一人の弟がこれまた人生苦に堪へ切れず、山で人知れぬ自殺を遂げてゐるから」と語った。

警察から呼ばれて検視に立ち会った、山頭火の挽歌である。

噫、亡き弟よ

今はただ死ぬるばかりと手を合せ山のみどりに見入りたりけむ

●親の死に悲嘆する子どもたち

母親の自殺は山頭火九歳、弟五歳の時であった。親の死別に遭うと子どもたちは抑うつ気分におちいり、亡き親を熱望して悲嘆に暮れる。自殺遺族の子どもは悲嘆のみならず、自殺による汚名と苦悩的環境を口にする。そうでない親の死を経験した子どもたちよりもはるかに強い不安、怒り、恥ずかしさを経験する。

弟二郎の遺書にあるように全く周囲の支援がないばかりか里子に出され、種田家が破産すると迷惑をかけたと追い出された。「五才慈母の手を離れ西奔東蹤苦痛より苦惨の半生涯も遂に天なく地なく人の憐れさへなく」という姉への遺書には、想像を絶する喪失体験が記されている。

3．母、弟、祖母、妻子のこと

昭和四年九州三十三ヵ所観音巡礼について、中津の俳人松垣昧々は「こんどの旅は彼の亡母の回向を兼ねた札所の巡拝にあったことを知って、その殊勝な心情に心をうたれた。」と記している。自らの遺書についても触れている。昭和八年一月二十七日「遺書をいつぞや書きかへてをいたが、あれがあると何だか今にも死にさうな気がするので（まだ死にたくはない、死ぬるなら仕方もないが）、焼き捨てゝしまつた、これで安心、死後の事なんかどうだつてよいではないか、死後の事は死前にとやかくいはない方がよからう。」

行乞中も家族への想いを断つことはできない。

昭和五年九月十六日「今日は行乞中悲しかつた、或る家で老婆がよち〳〵出て来て報謝して下さつたが、その姿を見て思はず老祖母を思ひ出し泣きたくなつた、不幸だつた――といふよりも不幸そのものだつた彼女の高恩に対して、私は何を報ひたか、何も報ひなかつた、たゞ彼女を苦しめ悩ましたゞけではなかつたか、九十一才の長命は、不幸が長びいたに過ぎなかつたのだ」

十月廿七日「途上、がくね《マヽ》んとして我にかへる――母を憶ひ弟を憶ひ、更に父を憶ひ祖母を憶ひ姉を憶ひ、更にまた伯父を憶ひ伯母を憶ひ――何のための出家ぞ、何のための行脚ぞ、法衣に対して恥づかしくないか、袈裟に対して恐れ多くはないか、江湖万人の布施に対して何を酬ゐるか――自己革命のなさざるべからざるを考へざるを得なかつた。」

　ひとりきりの湯で思ふこともない
　旅のからだでぽり〳〵掻く

昭和六年一月八日「今朝は嫌な事と嬉しい事とがあつた、その二つを相殺しても、まだまだ嬉しさが余りあつた、……嬉しい事といふのは、故郷の妹からたよりがあつたのだ、ゲルトも送つてくれたし、着物も送つてくれた、私はさつそくその着物をつけて、そのゲルトで買物しい〳〵歩いた、あゝ何といふ肉縁のあたゝかさだらう！」

　送つてくれたあたゝかさを着て出る（妹に）

昭和七年一月廿八日「馬神隧道といふのを通り抜けた、そして山口中学時代、鯖山洞道を通り抜けて帰省した当時を想ひだして涙にむせんだ、もうあの頃の人々はみんな死んでしまつた、祖母も父も、叔父も伯母も、……生き残つてゐるのは、アル中の私だけだ、私はあらゆる意味に於て残骸だ！」「歩く、歩く、死場所を探して、――首くゝる枝のよいのをたづねて！」六月十五日「こゝに滞留してゐて、また家庭といふものゝのうるさいことを見たり聞いたりした、独居のさびしさは群棲のわず《マヽ》らはしさを超えてゐる。このあたりは、ほんたうにどくだみが多い、どくだみの花を家のめぐり田をかこんで咲きつゞいてゐる。自殺した弟を追想して悲しかつた、彼に対してちつとも兄らしくなかつた自分を考へると、涙がとめどもなく出てくる、弟よ、兄を許してくれ。」六月廿三日「空模様のやうに私の心も暗い、降つたり照つたり私の心も。……ふりかへらない私であつたが、いつとなくふりかへるやうになつた、私の過去はたゞ過去の堆積、随つて、悔の連続だつた、同一の過失、同一の悔をくりかへし、くりかへしたに過ぎないではないか、あゝ。」六月廿七日「二三日前からの寝冷えがとう〳〵本物になつたらしい、発熱、倦怠、自棄――さういつた気持がきざしてくるのをどうしようもない。小串へ出かける、月草と石ころとを拾うてきた、途中、老祖母のことが思ひだされて困つた、父と私と彼女の三人が本山まゐりした時の事が、……八鉢旅館の事、馬の水の事。……」

八月十九日「入浴、剃髪、しんみりとした気持になつて隣室の話を聞く、あゝ母性愛、母といふものがどんなに子といふものを愛するかを実証する話だ、彼等（一人の母と三人の子と）は動物に近いほどの愛着を体感しつゝあるのだ。……　父としての私は、あゝ、私は一度でも父らしく振舞つたことがあるか、私はほんとうにすまなく思ふ、私はすまない、すまないと思ひつゝ、もう一生を終らうとしてゐるのだ。……」

昭和九年三月六日

雪、雪、寒い、寒い。

母の祥月命日、涙なしには母の事は考へられない。

終日独居。

友はありがたいかな、私は親子肉縁のゆかりはうすいが、友のよしみはあつい、うれしいかな。

忘れられたいい酒、それを台所の片隅から見出した、いつこゝにしまつてゐたのか、すつかり忘れてゐた、老を感じた、その少量をすゝりながら。……

陶然として、悠然として酔ふた、そして寝た、寝た、宵の七時から朝の七時まで寝つゞけた。

雪あした、すこしおくれて郵便やさん最初の足跡つけて来た

死ねる薬はふところにある日向ぼつこ

水のんで寝てをれば鴉なく

昭和十年十月五日「自然も人間もおだやかに。——朝酒（昨夜のおあまりで）、ゼイタクすぎる。柿をもぐ人がちらほら、Jさんも柿もぎにきた、そして熟柿をくれた、あゝ熟柿！　老祖母の哀しい追憶がまたよみがへつて私を涙ぐませる。まだおあまりがあつて晩酌、そしてそのまゝぐつすり。」

太陽のぬくもりの熟柿のあまさをすゝる

昼も虫なく誰を待つともなく待つ

十一月廿三日「落葉しつくした柿の木、紅葉してゐる櫨の木。父、母、祖母、姉、弟、……みんな消えてしまつた、血族はいとはしいけれど忘れがたい、肉縁はなつかしいがはなれなければならない。……」十一月二日――五日「死、それとも旅……all or nothing」十二月六日「旅に出た、どこへ、ゆきたい方へ、ゆけるところまで。旅人山頭火、死場所をさがしつゝ、私は行く！　逃避行の外の何物でもない。」

昭和十四年五月廿九日――六月九日

この間ブランク、それは混沌とでもいふより外なかつた。

〝自省録〟

〝秋葉小路の人人〟

（身辺雑記風に）

旧作二首

一杯の茶のあたゝかさ身にしみて
　こゝろすなほに子を抱いて寝る

噫、忘き弟よ

今はたゞ死ぬるばかりと手をあはせ

山のみどりに見入りたりけむ

六月十七日「空梅雨らしく、なか〳〵降りださない。」「Yさんと坊ちやんいつしよに湯にはいる。晩酌、ほどよい酒であつた。亡弟二郎を想ふ、彼は正直すぎて、そしてあまりに多感だつた、彼の最後は彼の宿命だつた、あゝ。」六月十八日「死を考へる、母、姉、祖母、父、弟、……そして妻を子を考へる。……」七月廿八日「身心やゝ軽快。思ひ立つて佐野の妹を訪ねることにする、呉郎さんから本三冊借り受けそれを質入して、やうやく小遣をこしらへた、一時の汽車で大道まで、大道から歩いて、半年ぶりに思ひ出の多い門をくゞつた。肉縁はなつかしい、同時にいやらしい、私は矛盾した心持を妹や甥に対して感じ、それにたへないで、引留められるのをふりきつて、七時の汽車で帰途についた。小郡で飲んで飲んで飲みつぶれてしまつた。」八月十日「今日はほんとうに飲みすぎた、カフエーへはいつたのもよくなかつた、まことに過ぎたるは及ばざるに如かず、自制力に乏しい自分を罵りつゝ寝た。……」

水、水、水ほどうまいものはないと思ふ。

自分で自分に腹が立つうちはまだ見込みがあると思ふ。

ヤイトウの思出

母よ恋し

昭和十五年三月六日
けさもずゐぶん早かつた、早すぎた、何もかもかたづいてもまだ夜が明けなかつた。

亡母第四十九回忌、御幸山大権現祭日、地久節、母の日週間。

出校の途次、一洵さん立ち寄る、母へお経をよんでくれる、ありがたう、望まれて近詠少々かいてあげる、いづれ何かの埋草になるのだらう。

道後で一浴、爪をきり顔を剃る、さつぱりした。

仏前にかしこまつて、焼香諷経、母よ、不孝者を赦して下さい。

五月八日
早起、清掃。
父の十九回忌、仏前にぬかづいて懺悔の熱涙をしぼる、憂欝たへがたく、道後入浴、近郊散策。
五月廿七日「早起出立、中国九州の旅へ、――九時の汽船で広島へ向ふ。身心憂欝、おちついてはゐるけれど、――この旅はいはゞ私の逃避行である、――私は死んでも死にきれない境地を彷徨してゐるのだ。海上平穏、一時宇品着、電車で局にどんこ和尚を訪ふ、宅で泊めて貰ふ、よい風呂にはいりおいしい夕飯をいたゞく、あゝどんこ和尚、どんこ和尚の家庭、しづかであた、かなるかな、私もくつろいでしんみりした。夜、後藤さん来訪、三人でしめやかに話した。罰あたりの私はおそくまで睡れなかつた。」

七月十七日「亡弟二郎の祥月命日（推定）、甘い物を供へて回向する、あゝ彼は愚直すぎた！」

●祖母の口癖「業やれ業やれ」

祖母は九十一才まで長生きしたが一家没落転々の憂目を見た。祖母の口癖は「業（ごふ）やれ業やれ」であった。業報とは仏教の根本思想の一つであり、善因善果、悪因悪果というように行為の報いとしての結果を受け取ることである。親鸞聖人は『歎異抄』において、業の報いのままに善行も悪行もあきらめて行い、ひたすら本願をお頼みして、罪業の身であるからこそ救われたいと思う者にこそ「他力を頼む信心も決定《けつじょう》するのである」と述べておられる。熱心な門徒であった祖母には来世に極楽浄土して悟りを開くという易行の門も容易には開かれず、いつも「業やれ業やれ」と呟いていた。

●山頭火の「業だな」

山頭火は祖母の「業やれ業やれ」を受け継いで、句作のみならず酒を飲むときにも「業だな業だな」と考える。祖母の「業やれ」は悲しいあきらめであるが、自分のは寂しい自覚であり、自分はその業を甘受しているばかりか悦楽していると述べる。業を甘受し悦楽と感じるには、山頭火はあまりにも人間的過ぎた。

祖母は浄土真宗であったが、山頭火は禅宗の門を叩き修業の道に入った。翌年四月そこを去り行乞放浪の旅に出た。「解くすべもない惑ひ」を背負っての旅であり、悟りへの道とは程遠いものであった。行乞中の老婆から報謝を受けると老祖母を思ひ出して泣きたくなる。祖母の高恩に報いないばかりか苦しめ続けた自分に慚愧する。愕然として我に返り家族のことを思い出して何のための出家、行脚、法衣に対して恥ずかしくないのか自問する。しかし、山頭火は自責の念に襲われ慚愧し死の観念が浮かんでも、句作により一時的に逃避することができる。

ひとりきりの湯で思ふこともない
旅のからだでぽり〳〵掻く

故郷の妹が送ってくれた着物を身に着け、そのゲルトで買物をして肉縁の温かさに感激する。中学時代を思い出して涙ぐみながら生きている残骸だと非難しつつ、死に場所を求めて歩き続ける。弟を追想して兄らしくなかった自分を許してくれと祈る。自分の過去は悔の連続、同一の過失、同一の悔の繰り返しに過ぎない。行乞中、隣室の親子の会話から一度も父親らしく振舞ったことがない自分を後悔する。雪の降る寒い日に母の祥月命日を迎える。

「解くすべもない禍ひ」から解放されることはない。熟柿を口にすると老祖母の哀しい追憶がよみがえる。父、母、祖母、姉、弟、みんな消えてしまった。「all or nothing」逃避行は生活を混沌とさせ昭和十四年五月廿九日から六月九日までブランクとなる。母、姉、祖母、弟、妻子のことを思い出し飲んで飲んで飲みつぶれる。

昭和十五年三月六日夜が明けると亡母第四十九回忌である。「仏前にかしこまつて、焼香諷経、母よ、不孝者を赦して下さい。」五月廿七日早起出立して中国九州の旅に出る。「私は死んでも死にきれない境地を徘徊してゐるのだ。」「私一家の不幸は母の自殺から初まる」。山頭火は母親の喪失を悲嘆し続けている。

無力感、自責感に堪えられない混沌となる時期を過ぎると、「私の逃避行」と呼ぶ行乞の旅に出る。死んでも死にきれない境地を徘徊するのちにいつの間にか憂鬱気分が躁的気分にとって代る。このような気分変調に関して躁的状態はうつ的状態に対する防衛であるという考えがある。多幸な気分に満たされ自責的感情が一時的に癒される。

Ⅱ　悪夢

悪夢とは生命、安全、自尊心を脅かすような恐ろしい夢を想起することであり、悪夢障害と呼ばれる。このような目覚めは睡眠の後半に起こる。山頭火は若い頃から不眠症に悩み「神経衰弱症」と診断され「頭重頭痛不眠眩暈……」と記載されている。うつ状態では自己不全感、罪責感、報いとしての処罰などの悪夢を見る。日記には多くの悪夢体験が記されている。

昭和五年十一月九日「今夜も水声がたえない、アルコールのおかげで辛うじて眠る、いろんな夢を見た、よい夢、わるい夢、懺悔の夢、故郷の夢、青春の夢、少年の夢、家庭の夢、僧院の夢、ずゐぶんいろんな夢を見るものだ。」十二月十日「日も暮れかけたので、急いで此宿を探して泊つた、同宿者が多くてうるさかつた、日記を書くことも出来ないのには困つた、床についてからも嫌な夢ばかり見た、四十九年の悪夢だ、夢は意識しない自己の表現だ、何と私の中には、もろ〳〵のものがひそんでゐることよ！」

昭和七年三月十九日「今朝は出立するつもりだつたが、遊べる時に遊べる処で遊ぶつもりで、湯に入つたり、酒を飲んだり、歩いたり話したり。夢を見た、父の夢、弟の夢、そして敗残没落の夢である、寂しいとも悲しいとも何ともいへない夢だ。」五月三日「関門を渡るたびに、私は憂欝になる、ほんたうの故郷、即ち私の出張《マヽ》地は防府だから、山口県に一歩踏み込めば現在の私として、私の性情として憂欝にならざるをえないのである。」六月廿八日「終日不快、万象憂欝。不眠が悪魔となつた、恐ろしい夢でなくて嫌な夢だから、かへつてやりきれない。何もかも苦い、酒も飯も。最後の晩餐！といふ気分で飲んだ、飲めるだけ飲んだ、ムチヤクチヤだ、しかもムチヤクチヤにはなりきれないのだ。」六月廿九日「晴、寝床からおきあがれない、悪夢を見つゞける外ない自分だつた。」

六月卅日

あさましい夢を見た（それは、ほんとうにあさましいものだつた、西洋婦人といつしよに宝石探検に出かけて、途中、彼女を犯したのだ！）。

　かつと日が照り逢ひたうなつた

私は、善良な悪人に過ぎない。……

自戒三条

一、自分に媚びるな

一、足らざるに足りてあれ

一、現実を活かせ

いつもうまい酒を飲むべし、うまい酒は多くとも三合を超ゆるものにあらず、自他共に喜ぶなり。

七月一日

雨、終日読書、自省と克己と十分であつた、そして自己清算の第一日（毎日がさうだらう）。

私は長いこと、死生の境をさまようてゐる、時としてアキラメに落ちつかうとし（それはステバチでないと同時にサトリではない）時として、エゴイズムの殻から脱しようとする、しかも所詮、私は私を彫りつゝあるに過ぎないのだ。……

例の如く不眠が続つゞく、そして悪夢の続映だ！　あまりにまざ〳〵と私は私の醜悪を見せつけられてゐる、私は私を罵つたり憐れんだり励ましたりする。

彼――彼は彼女の子であつて私の子ではない――から、うれしくもさみしい返事がきた、子でなくて子である子、父であつて父でない父、あゝ。

俳句といふものは――それがほんとうの俳句であるかぎり――魂の詩だ、こゝろのあらはれを外にして俳句の本質はない、月が照り花が咲く、虫が鳴き水が流れる、そして見るところ花にあらざるはなく、思ふところ月にあらざるはなし、この境涯が俳句の母胎だ。

時代を超越したところに、目的意識を忘却したところに、いひかえれば歴史的過程にあつて、しかも歴史的制約を遊離したところに、芸術（宗教も科学も）の本質的存在がある、これは現在の私の信念だ。

　さみしい夜のあまいもの食べるなど
　何でこんなにさみしい風ふく
　手折るよりぐつたりしほれる一枝

とりきれない虱の旅をかさねてゐる

雨にあけて燕の子もどつてゐる

縞萱伸びあがり堀のそと

いちめんの蔦にして墓がそここ、

ロマンチック——レアリスチック——クラシック——そして、何か、何か、何か、——そこが彼だ。

七月廿日

昨晩はとろりとしたゞけだつた、こんなでは困る。

盆草——精霊草。

人間は（いや、あらゆる生物は程度の差こそあれ）自分の好きなもの求めるものを中心として（或は基本として）万事万物を観察する（または換算する）、それが自然でもある、といふ訳で、私は酒を以てすべてを観る、山を眺めては一杯やりたいな、野菜のよいのを見るとしんみり飲みたいなあと思ふ、これだけあれば一合やれる、これで一本買へるなと考へる、笑はれても実際だから仕方がない。

紫陽花もをはりの色の曇つてゐる

つけゆく犬もついてくる
ゆふ雲のうつくしさはかなかなないて

（一部省略）

緑平老へ、そしてS子へ、S女へ手紙を書いた、書きたくない手紙だつた、こんな手紙書かなければならない不徳を憤つた。

眠れない、眠つたと思へば悪夢だ。

九月十四日

此頃はよく夢を見るが（私は夢中うなるさうな、これは樹明兄の奥さんの話である）、昨夜の夢なんかは実に珍妙であつた、それは或る剣客と果し合ひしたのである、そして自分にはまだまだ死生の覚悟がほんとうに出来てゐないことを知つた。

夢は自己内部の暴露である。

今日は誰にも逢はなかつた、自己を守つて自己を省みた、――私は人を軽んじてゐなかつたか、人を怨んでゐなかつたか、友情を盗んでゐなかつたか、自分に甘えてゐなかつたか、私の生活はあまりに安易ではないか、そこには向上の念も精進の志もないではないか。

昭和十四年八月五日「気分すぐれず、散歩する。いやな夢を見た、気分さらにすぐれず。」八月廿一日「あゝ何といふ悲しい夢だつたらう、私は自分の泣声で眼覚めた、老祖母のいたましい犠牲の場面だつた、私はぢつとしてゐるにたへなかつた。……」八月廿六日「貧しいけれどつゝましい日であつた。つく〴〵思ふ、人間の死所を得ることは難いかな、私は希ふ、獣のやうに、鳥のやうに、せめて虫のやうにでも死にたい、私が旅するのは死場所を探すのだ！　いやな夢を見た、小人夢多とでもいはう。」

●悪夢の内容

山頭火は行乞していても「解くすべもない禍ひ」から逃れられず、人の機微に触れては母、祖母たちを思い出し、死場所を求めて逃避行を続けていた。この思いは眠りのなかでもよみがえる。アルコールのおかげで眠れても、よい夢、わるい夢、懺悔の夢、青春の夢、少年の夢、家庭の夢、僧院の夢が心のなかを駆け巡る。大抵は嫌な夢であり、四十九年の悪夢である。

山頭火自身「夢は意識しない自己の表現だ、何と私の中には、もろ〳〵のものがひそんでゐることよ！」と分析している。夢は一家の敗残没落と結びついている。故郷の山口県に一歩踏み込めば万象憂鬱となり不眠が悪夢を生む。憂鬱と不快から逃れるために最後の晩餐！といふ気分で飲めるだけ飲む。

山頭火には循環気質と多血質が行動に影響を与えている。創造的活動エネルギーの源であるとともにリビドーと呼ばれる性的衝動とも密接に関係している。「西洋婦人といつしよに宝石探検に出かけて、途中、彼女を犯したのだ！」そして自戒三条をつくり自己清算の第一日とする。エゴイズムの殻から脱しようとしても「私は私を彫りつゝあるに過ぎないのだ。」「私は私を罵つたり憐れんだり励ましたりする。」一人息子との関係も後悔の種である。「彼——彼は彼女の子であつて私の子ではない——から、うれしくもさみしい返事がきた、子でなくて子である子、父であつて父でない父、あゝ。」

出口が見つからなければ神経衰弱患者、アルコール中毒患者として生きる以外に道はない。ここで創造的活動エネルギーが動き始める。追い詰められた心を救済し衰弱した心を防衛するかのように「強き感情」が戻ってくる。

山頭火は宣言する。

「俳句といふものは——それがほんとうの俳句であるかぎり——魂の詩だ、こゝろのあらはれを外にして俳句の本質はない、月が照り花が咲く、虫が鳴き水が流れる、そして見るところ花にあらざるはなく、思ふところ月にあらざるはなし、この境涯が俳句の母胎だ。」「時代を超越したところに、目的意識を忘却したところに、いひかえれば歴史的過程にあつて、しかも歴史的制約を遊離したところに、芸術（宗教も科学も）の本質的存在がある、これが現在の私の信念だ。」「人間は自分の好きなもの求めるものを中心として万事万物を観察する、といふ訳で、私は酒を以てすべてを観る、山を眺めては一杯やりたいな、野菜のよいのを見るとしんみり飲みたいなあと思ふ、これだけあれば一合やれる、これで一本買えるなと考える、笑はれても実際だから仕方がない。」

悪夢の内容が微妙に変化する。ある剣客と果し合いして自分にはまだまだ死生の覚悟が出来ていないことを知る。元気が戻ってくると「友情を盗んでゐなかつたか、自分に甘えてゐなかつたか」と反省する。晩年まで悪夢から解放されることはなく、昭和十四年八月五日「気分すぐれず老祖母のいたましい犠牲の場面だつた、私はぢつとしてゐるにたへなかつた。……」八月廿六日「人間の死所を得ることは難しいかな、私は希ふ、獣のやうに、鳥のやうに、せめて虫のやうにでも死にたい、私が旅するのは死場所を探すのだ！」

Ⅲ　故郷

故郷の山口県に一歩踏み込めば万象憂鬱となり悪夢を見た。故郷への思いは複雑である。明治二十九年三月防府市の尋常高等小学校卒業。成績上位であり、母親の自殺という不幸に見舞われるが成績は落ちていない。母親の死を経験すると成績不良となる子どももめずらしくない。勉強をすることにより心の傷を乗り越えようとしたのであろう。明治三十二年周陽学舎（現防府高校）首席で卒業。妹シズによれば当時、「みんなで集まって判こみたいなものを作って、俳句のまねごとをやっていた」。山頭火にとって故郷は悲劇の地であると同時に、仲間との思い出深い土地である。

昭和五年十一月一日「隣室の老遍路さんは同郷の人だつた、故郷の言葉を聞くと、故郷が一しほ懐かしくなつて困る。……」

十一月三日「新来のお客さんは四人、みんな同行だ、話題は相変らず、宿の事、修行の事、そしてヨタ話。」

ふる郷の言葉なつかしう話しつゞける

十一月廿日「下関はなつかしい土地だ、生れ故郷へもう一歩だ、といふよりもすでに故郷だ、修学旅行地として、取引地として、また遊蕩地として――二十余年前の悪夢がよみがへる。……」

ふる郷の言葉となつた街にきた

昭和七年五月廿一日

「今日の道はよかつた、丘また丘、むせるような若葉のかをり、ことに農家をめぐる蜜柑の花のかをり。」

ふるさとの言葉のなかにすわる

「故郷の言葉を、旅人として、聴いてゐるうちにいつとなく誘ひ入れられて、自分もまた故郷の言葉で話しこんでゐた。」「どうも夢を見て困る、夢は煩悩の反影だ、夢の中でまだ泣いたり腹立てたりしている。……」

六月一日「笠の蜘蛛！　あ、お前も旅をつゞけてゐるのか！　新らしい日、新らしい心、新らしい生活、――更始一新して堅固な行持、清浄な信念を欣求する。樹明君からの通信は私をして涙ぐましめた、何といふ温情だらう、合掌。

ほうたるこいほうたるこいふるさとにきた

八月三日「風、雨、しみ〴〵話す、のび〳〵と飲む、ゆう〳〵と読む（六年ぶりにたづねきた伯母の家、妹の家だ！）。」

八月四日

「故郷をよく知るものは故郷を離れた人ではあるまいか。東路君を訪ねあてる、旧友親友ほどうれしいものはない、カフエーで昼飯代りにビールをあほつた、夜は夜でおしろいくさい酒をした、か頂戴した、積る話が話しても話しても話しきれない。」

ふるさとの蟹の鋏の赤いこと

ふるさとの河原月草咲きみだれ

蟬しぐれ、私は幸福である

ふるさとの水だ腹いつぱい

ふるさとの空の旗がはたはた

ひさびさ雨ふりふるさとの女と寝る

日向草の赤いの白いのたづねあてた

八月廿九日

いつとなく、なぜとなく（むろん無意識的に）だん〳〵ふるさとへちかづいてくるのは、ほんとうにふしぎた。

野を歩いて、苅萱を折つて戻つた、いゝなあ。

どこにもトマトがある、たれもそれをたべてゐる、トマトのひろまり方、たべられ方は焼芋のそれを凌ぐかも知れない、いや、すでにもう凌いでゐるかも知れない。

風のトマト畑のあいびきで

やうやう妻になりトマトもいでゐる

虫がこんなに来ては死ぬる

九月四日「故郷へ一歩近づくことは、やがて死へ一歩近づくことであると思ふ。――孤独、――入浴、――どしや降り、雷鳴、――そして発熱――倦怠。私はあまりに貪つた、たとへば食べ過ぎた（川棚では一日五合の飯だつた）、飲みすぎた（先日の山口行はどうだ）、そして友情を浴びすぎてゐる。……かういふ安易な、英語でいふeasy-goingな生き方は百年が一年にも値しない。」

昭和十三年十月廿三日

まことに秋晴、日本晴である。

煙草がなくなつたので、何だか手持無沙汰で、——無ければ無いでよろしく、有るまで待たう！

今日は山口へ行きたいのだが、——詩園会の同人にお詫のハガキを出すより外ない。

待つてゐるやうな、ゐないやうな、よいやうな、わるいやうな。

何とうらゝかな日ざし、私の気分もなごやかである、そこらを逍遥、——暮羊居へ、学校へ、田圃の間を歩いたり、林の中をさまよふたり。——

今夜は寝苦しかつたが、やうやくにして寝ついた。

胃の強くない人は、食べすぎてはならない、飲みすぎてはならない、同様に心の弱い人は、知りすぎてはならない、考えすぎてはならない。

たとへ生まれ代るにしても、私はやつぱり、日本の、山口の、山頭火でありたい。

笑はれい人種！　私はその人種に属する、あんまりニヤニヤ笑うてくれるなよ！

昭和十四年十二月十五日、松山市美幸町御幸寺境内「一草庵」に庵住。一代句集『草木塔』を携えて昭和十五年五月廿七日汽船で中国、九州の旅に出る。六月三日帰庵、この旅が最後となり十月十一日死亡。

昭和十五年五月廿七日　晴。

身心憂欝、おちついてはゐるけれど、――この旅はいはゞ私の逃避行である、――私は死んでも死にきれない境地を彷徨してゐるのだ。

翌廿八日徳山下車、白船居を訪れて句友たちと旧交温める。

自嘲

六十にして落ちつけないこゝろ海をわたる

五月廿九日　晴。

早朝散歩、山口の街の夢はなか〳〵覚めなかつた、私には山口はおもひでのふかい街である、（熊本を第二の故郷とでもいふならば）。第三の故郷といつてもいゝだらう。

九時、さよならをする、小郡の樹明君を訪ねる、久しぶりに談笑する、望まれるまゝに半折数枚書きなぐる、梅焼酎はよかつたよかつた。

小郡ではＫ君Ｏ君にも逢つた、小郡は私の第四の故郷とでもいはうか。

●故郷への想い

行乞しながら故郷の言葉を聞くと懐かしくなり話し込む。最初は旅人として聴いているが、いつの間にか故郷の言葉で話しこんでいる。

ほうたるこいほうたるこいふるさとにきた
ふるさとの空の旗がはたはた

故郷に近づくことは「解くすべもない禍ひ」に直面することでもある。「私はあまりに貪つた、友情を浴びすぎてゐる。easy-goingな生き方は百年が一年にも値しない。」「胃の強くない人は、食べすぎてはならない、飲みすぎてはならない、同様に心の弱い人は、知りすぎてはならない、考えすぎてはならない。」と反省する。最後には「たとへ生まれ代るにしても、私はやつぱり、日本の、山口の、山頭火でありたい。笑はれ人種！　私はその人種に属する、あんまりニヤニヤ笑うてくれるなよ！」と自嘲しながらも自己肯定的である。

●故郷を求める旅

故郷防府に近い小郡に庵を結んだ二ヵ月後「故郷」というエッセイを書いている。

家郷忘じ難しといふ。まことにそのとほりである。故郷はとうてい捨てきれないものである。それを愛する人は愛する意味に於て、それを憎む人は憎む意味に於て。さらにまた、予言者は故郷に容れられずといふ諺もある。えらい人はえらいが故に理解されない、変つた者は変つてゐるために爪弾きされる。しかし、拒まれても嘲られても、それを捨て得ないところに、人間性のいたましい発露がある。錦衣還郷が人情ならば、襤褸をさげて故園の山河をさまよふのもまた人情である。

山頭火には故郷に対する矛盾した感情がある。捨てたいものと捨てきれないもの、愛する気持ちと憎む気持ち、受け入れられたい気持ちと拒否する気持ちが交差している。故郷に対する矛盾した感情があるためか一つの故郷ではなく多くの故郷がある。

昭和十五年廿九日夢から目覚めた後、「私には山口はおもひでのふかい街である、（熊本を第二の故郷とでもいふならば）、第三の故郷といつてもいゝだらう。」「小郡は私の第四の故郷とでもいはうか」と記している。第一の故郷は誕生の地山口県佐波郡西佐波令村（現防府市）であり、第二の故郷は酔っぱらって電車を止めるという不祥事をきっかけに出家得度した熊本であり、第三の故郷は山口県立尋常中学時代下宿した山口であり、第四の故郷が『其中庵』を結んだ小郡とすれば、終焉の地である松山は第五の故郷ということになろう。

山頭火の旅は「解くすべもない禍ひ」からの逃避行であり、全国を行乞しながら「死んでも死にきれない境地を彷徨」していた。最後の旅の出発に際しての自嘲の句はそれを象徴している。

六十にして落ちつけないこゝろ海をわたる

文献

『山頭火日記（一）』（春陽堂、1989）
『山頭火日記（二）』（春陽堂、1989）
『山頭火日記（三）』（春陽堂、1989）

『山頭火日記（四）』（春陽堂、1989）
『山頭火日記（五）』（春陽堂、1989）
『山頭火日記（六）』（春陽堂、1989）
『山頭火日記（七）』（春陽堂、1989）
『山頭火日記（八）』（春陽堂、1989）
『山頭火アルバム』村上護編（春陽堂、1986）
『山頭火著作集　Ⅳ』草木塔（自選句集）（潮文社新書、1994）
『種田山頭火』（新潮日本文学アルバム）（新潮社、1993）
『正法眼蔵随聞記』水野弥穂子訳（筑摩書房、1963）
『親鸞全集　5』真継伸彦現代語訳（1982）
『山頭火の手紙』村上護（大修館書店、1997）2　出家するまで　8-13.
ibid. 昭和四年十一月十二日付木村緑平宛て、句友歓談　121-124.
ibid. 昭和七年九月十四日木村緑平宛て、故郷のほとり　256-259.

第四章　両価性の精神病理

I　山頭火と妻

山頭火は明治四十二年同郷の佐藤サキノと結婚。父親が二年前から開業していた種田酒造場を引き継ぐが無軌道な飲酒が続く。

家庭生活について「山頭火の言葉」

家庭は牢獄だ、とは思はないが、家庭は沙漠である、と思はざるをえない。親は子の心を理解しない、子は親の心を理解しない。夫は妻を、妻は夫を理解しない。兄は弟を、弟は兄を、そして、姉は妹を、妹は姉を理解しない。――理解してゐない親と子と夫と妻と兄弟と姉妹とが、同じ釜の飯を食ひ、同じ屋根の下に睡つてゐるのだ。

（大正三年「砕けた瓦――或る男の手帳から――」）

理解なき夫婦ほど悲惨《みじめ》なものはない、理解し得ざる親子は別居することも出来るが、理解なき夫婦は同じ床に眠つて別々の夢を繰り返さなければならない！

（大正四年「曙は静かに来る」）

私は昨日まで自分は真面目であると信じて居りました、其信念が今日すつかり崩れてしまひました、私はまた根本から築かねばなりません、積んでは崩し、崩して積むのが私の運命かもしれませんが、兎に角、私はまた積まねばなりません、根こそぎ倒れた塔の破片をじつと見ている事は私には出来ません、私は賽の河原の小児のやうに赤鬼青鬼に責められてゐます。赤鬼青鬼は私の腹の底で地団太を踏んで居るのです。実人生は真面目でありたいとか、真面目でなければならないとかいふ事を許さないほど余裕のないものであります。真面目な人は真面目になるもならぬもない、真面目な生活しか生きえないではありませんか。

（大正四年三月私信）

大正五年四月種田家破産、妻子を連れて熊本に移る。古書店「雅楽多」を開業、後に額縁屋となる。

「私自身は私といふものを信ずることが出来ないのに他人が私を信じてくれるとは何といふ皮肉であらう！」「結婚して後悔しないものが何人あるか、親となつて後悔しないものが何人あるか。——私も亦、その何人かの中の一人であることを悲しむ。」

（大正五年「赤い壺（一）」）

妻はもう起きて台所をカタコト響かせてゐる。その響きが何となく寂しい。……寂しさを感じるやうではいけないと思つて、ガバと起きあがる。どんより曇つて今にも降り出しさうだ。何だか嫌な、陰欝な日である。凶事が落ちか丶つて来さうな気がして仕方がない。

急いで店の掃除をする。手と足とを出きるだけ動かす。とやかくするうちに飯の支度が出来たので、親子三人が膳の前に並ぶ。暖かい飯の匂ひ、味噌汁の匂ひが腹の底まで沁み込んで、不平も心配もいつとなく忘れてしまふ。朝飯の前後は、私のやうなものでも、いくらか善良な夫となり、慈愛のある父となる。そして世間で所謂、スイートホームの雰囲気を少しばかり嗅ぐことが出来る！

（大正六年「生活の断片」（大正五年十一月二十七日の生活記録より））

●家庭は砂漠

山頭火にとって家庭のイメージは理解していない親と子、夫と妻、兄弟姉妹が同じ釜の飯を食らい同じ屋根の下に睡っているに過ぎなかった。殺伐とした家庭イメージを想わざるを得ない背景には母親の自殺がある。山頭火は九歳で母親を奪われた。それは母親自身の苦悩の選択でもあった。母親への満たされない感情、原因を作った父親への不信、酒席において自己矛盾を露呈する山頭火の性癖、やがて結婚生活は行き詰る。それだけに温かい家庭の雰囲気への思いは強い。

「親子三人」膳の前に並び、暖かい飯の匂い、味噌汁の匂いが沁み込んでくると、心配もいつとなく忘れられる。「私のやうなものでも、いくらか善良な夫となり、慈愛のある父となる。そしてスイートホームの雰囲気を少しばかり嗅ぐことが出来る！」と希望を抱くが長続きしない。

大正九年十一月妻サキノと離婚。大正十五年四月行乞放浪の旅に出る。昭和四年三月熊本「雅楽多」に帰り八月まで滞在。昭和五年一月寂しさに耐えられず自分のベッドがほしいと妻のもとに身を寄せようとする。

昭和五年十二月十四日　木村緑平宛て手紙

熊本の静かな農家に泊っての手紙

こんばんはほんたうにいい一夜ですよ、しづかでしたしくて、おちついて寝られます、わがまゝをいへば、これが私ひとりだつたら申分ありません、私はあくまでも、反社会的非家族的な人間ですね、これから熊本へ帰ります、熊本のどこへ——かう自分が自分に問ひかけるのだからやりきれません、といつてどうします。熊本は熊本、私は私——やつぱり自分のベッドは持たずにはゐられません。
これから熊本へ帰つてどうする——昨春は失敗しましたよ、失敗してから失敗のつらさつまらさがよく解りました。（一部省略）
こんやはしづかで、さびしいほどしづかで酔うて物を思ひます、やりきれませんよ。

霧、煙、埃の中を急ぐ

昭和五年十二月廿一日　熊本市。「途中一杯二杯三杯、宿で御飯を食べて寝床まで敷いたが、とても睡れさうにもないし、引越の時のこともあるので、電車でまた熊本へ舞ひ戻る、そして彼女を驚かした、彼女もさすがに——私は私の思惑によつて、今日まで逢わなかつたが——なつかしさうに、同時に用心ぶかく、いろ〳〵の事を話した、私も労れと酔ひのために、とう〳〵そこへ寝こんでしまつた、たゞ寝込んでしまつたゞけだけれど、見つともないことだつた、少くとも私としては恥ざらしだつた。」

十二月廿三日「熊本をさまよふてSの家で、仮寝の枕！」「歩いてもく〵探してもく〵寝床が見つからない、夕方、茂森さんを訪ねたら出張で不在、詮方なしに、苦しまぎれに、すまないと思ひながらSの家で泊る。」十二月廿四日「今後もSの厄介、不幸な幸福か。」「春竹の植木屋の横丁で、貸二階の貼札を見つけた、間も悪くないし、貸主も悪くないので、さつそく移つてくることにきめた、といつて一文もない、緑平さんの厚情にあまえる外ない。」
十二月廿五日「引越か家移か、とにかくこゝへ、春竹へ。」「緑平さんの、元寛さんの好意によつて、Sのところからこゝへ移つて来ることが出来た。……」

大地あたゝかに草枯れてゐる

日を浴びつゝこれからの仕事考へる

だんく〵私も私らしくなつた、私も私の生活らしく生活するやうになつた、人間のしたしさよさを感じないではゐられない、私はなぜこんなによい友達を持つてゐるのだらうか。
十二月廿六日「しづかな時間が流れる、独居自炊、いゝね。」「寒い、寒い、忙しい、忙しい――我不関焉！」

枯草原のそこ丶の男と女
葬式はじまるまでの勝負を争ふ
枯草の夕日となつてみんな帰つた
明日を約して枯草の中

これらの句は二三日来の偽らない実景だ、実景に価値なし、実情に価値あり、プロでもブルでも。

●男と女

非家族的な人間だと口にしながらも別れた妻のいる熊本へ帰りたくなる。熊本へ帰ってどうなるのか問ひかけるのもやりきれない。一度、失敗したにもかかわらず熊本へ舞い戻って驚かせる。彼女も用心ぶかく接するが山頭火が酔って寝こんでしまい恥をさらす。Sの家は「仮寝の枕!」と思い切ろうとしても、「Sの厄介、不幸な幸福か。」と思いは切れない。

枯草原のそこ丶の男と女

こうした思いに休止符を断つように「三八九居」と名づけた市内の二階一室で「独居自炊」を始める。

十二月廿七日「もつたいないほどの安息所だ、この部屋は。」「やうやく、おかげで、自分自身の寝床をこしらへることができました、行乞はウソ、ルンペンはだめ、……などとも書いた。前後植木畠、葉ぼたんがうつくしい、この部屋には私の外に誰だかゐるやうな気がする、ゐてもらひたいのではありませんよ。」

十二月卅一日「食べたい時に食べ、寝たい時に寝る、私しやほんとに我がまゝ気まゝ。偶然のない生活、当然のみの生活、必然の生活、「あるべき」が「あらずにはゐられない」となつた生活。忙しい中の静けさ、貧しい中の安らかさ、といつたやうなものを、今日はしみ〴〵感じたことである。寥平さんのおかげで、炊事具少々、端書六十枚、其他こま〴〵したものを買ふ、お歳暮を持つて千体仏へ行く、和尚さんもすぐれた魂で私を和げて下さつた。あんまり気が沈むから二三杯ひつかける、そして人が懐かしうなつて、街をぶらつき、最後にSのところで夜明け近くまで話した（今夜は商店はたいがい徹夜営業である）、酔うて饒舌つて、年忘れしたが、自分自身をも忘れてしまつた。……」

今年も今夜かぎりの雨となり

昭和六年一月一日「いつもより早く起きて、お雑煮、数の子で一本、めでたい気分になつて、Sのところへ行き、年始状を受取る、一年一度の年始状といふものは無用ぢやない、断然有用だと思ふ。年始郵便といふものをあまり好かない私は、元日に年始状を書く、今日も五十枚ばかり書いた、単に賀正と書いたのでは気がすまないので、いろ〳〵の事を書く、ずいぶん労《マヽ》れた。」

ひとり煮てひとり食べるお雑煮

一月二日「馬酔木さんを訪ねる、いろ〳〵お正月の御馳走になる、十分きこしめしたことはいふまでもない、だいぶおそくなつてSの店に寄つた、年賀状がきてはゐないかと思つて、――が、それがいけなかつた、彼女の御機嫌がよくないところへ、私が酔つたまぎれに言はなくてもいゝ事を言つた、とう〳〵喧嘩してしまつた、お互いに感情を害して別れる、あゝ何といふ腐れ縁だらう！」

一月三日うらゝか、幸福を感じる日、生きてゐるよろこび、死なゝいよろこび。

――昨夜の事を考へると憂欝になる、彼女の事、そして彼の事、彼等に絡まる私の事、――何となく気になるのでハガキをだす、そして風呂へゆく、垢も煩らひも洗ひ流してしまへ（ハガキの文句は、……昨夜はすまなかつた、酔中の放言許して下さい、お互にあんまりムキにならないで、もつとほがらかに、なごやかに、しめやかにつきあはふではありませんか、……といふ意味だつたが）。

お正月のまんまるいお月さんだ
いやな夢見た朝の爪きる
寝る前の尿する月夜のひろぐ〳〵
よい月夜のび〳〵と尿するなり

当座の感想を書きつけておく。――

恩は着なければばならないが、恩に着せてはならない、恩を着せられてはやりきれない。

親しまれるのはうれしいが、憐れまれてはみじめだ。

与へる人のよろこびは与へられる人のさびしさとなる、もしほんたうに与へるならば、そしてほんたうに与へられるならば、能所共によろこびでなければばならない。与へられたものを、与へられたまゝに味ふ、それは聖者の境涯だ。若い人には若い人の句があり、老人には老人の句があるべきである、そしてそれを貫いて流れるものは人間の真実である、句を読む人を感動せしむるものは、句を作る人の感激に外ならない。

自嘲一句

詫手紙かいてさうして風呂へゆく

一月四日「昨日も今日も閉じ籠つて勉強した、暮れてから元寛居を訪ねる、腹いつぱいのお正月の御馳走になつて戻つた。」「やうやく平静をとりもどした、誰も来ない一人の一日だつた。」

けふも返事が来ないしぐれもやう

さん〳〵降りつめられてひとり

ぬかるみふみゆくゆくところがない

重いもの負うて夜道を戻つて来た

今夜は途上でうれしい事があつた、Sのところから、明日の句会のために、火鉢を提げて帰る途中だつた、重いもの、どしや降り、道の凹凸に足を踏みすべらして、鼻緒が切れて困つてゐると、そこの家から、すぐと老人が糸と火箸とを持つて来て下さつた、これは小さな出来事、ちよつとした深切であるが、その意義乃至効果は大きいと思ふ、実人生は観念よりも行動である、社会的革命の理論よりも一挙手一投足の労を吝まない人情に頭が下がる。……

一月五日「午後はこの部屋で、三八九会第一回の句会を開催した、最初の努力でもあり娯楽でもあつた、来会者は予想通り、稀也、馬酔木、元寛の三君に過ぎなかつたけれど、水入らずの愉快な集まりだつた、句会をすましてから、汽車辯当を買つて来て晩餐会をやつた、うまかつた、私たちにふさはしい会合だつた。だいぶ酔うて街へ出た、そしてまた彼女の店へ行つた、逢つたところでどうなるのでもないが、やつぱり逢ひたくなる、男と女、私と彼女との交渉ほど妙なものはない。」

一月九日「起きると、そのまゝで木炭と豆腐とを買ひに行く、久しぶりに豆腐を味はつた、やつぱり豆腐はうまい。あんまり憂欝だから二三杯ひつかける、その元気で、彼女を訪ねて炬燵を借りる、酒くさいといつて叱られた。」

帰家穏坐とはいへないが、たしかに帰庵閑坐だ。

昨夜も今夜も鶏が鳴きだすまで寝なかつた、寝られなかつた。

お正月の母子《オヤコ》でうたうてくる
また降りだしてひとりである
ほころびを縫ふほどにしぐれる
縫うてくれるものがないほころび縫つてゐる

●ぬかるみ

独居自炊生活を始めて「偶然のない生活、当然のみの生活、必然の生活」「あらずにはゐられない」生活、「貧しい中の安らかさ」をしみじみと感じるものの長続きしない。人が懐かしくなり街をぶらついて最後にはSの店にたどり着く。酔っぱらって饒舌になり自分自身を見失う。句友を訪ねて正月のご馳走になるが、最後にはSの店に寄り言はなくてもいいことを言い合っているうちに「お互いに感情を害して別れる、あゝ何といふ腐れ縁だらう！」。翌日憂欝になり風呂へ行き煩わしいこと洗ひ流して妻に侘びのハガキを出す。「お互にあんまりムキにならないで、もつとほがらかに、なごやかに、しめやかにつきあはふではありませんか、……」。

Sから帰る途中どしゃ降りで道の凹凸に足を踏みすべらして、鼻緒が切れる。Sとの関係はまさに「ぬかるみ」の関係である。

●両価性

山頭火は常々句作は人生そのもの生活そのものであると述べている。三八九会第一回句会が開催できた満足感も手伝い酔っぱらって彼女の店へ行く。「逢つたところでどうなるのでもないが、やつぱり逢ひたくなる、男と女、私と彼女との交渉ほど妙なものはない。」山頭火とSとの関係は両価的関係である。肯定的な感情と否定的な感情、肯定的な切望と否定的な切望、肯定的な態度と否定的な態度が並列して存在している。同一人物に対立する感情が並列、愛と憎しみが解消されることなく持続する。解決の糸口のない「ぬかるみ」である。

Sとの「ぬかるみ」はエスカレートする。

一月十五日「少々憂欝である（アルコールが切れたせいか）、憂欝なんか吐き捨てゝしまへ、米と塩と炭とがあるぢやないか。」「夕方からまた出かける（やっぱり人間が恋しいのだ！）馬酔木さんを訪ねてポートワインをよばれる、それから彼女を訪ねる、今夜は珍らしく御気嫌がよろしい、裏でしよんぼり新聞を読んでゐると、地震だ、かなりひどかつたが、地震では関東大震災の卒業生だから驚かない、それがいゝ事かわるい事かは第二の問題として。」「今日で、熊本へ戻つてから一ヵ月目だ、あゝこの一ヵ月、私は人に知れない苦悩をなめさせられた、それもよからう、私は幸にして、苦悩の意義を体験してゐるから。」

　人のなつかしくて餅のやけるにほひして

　何か捨てゝいつた人の寒い影

　あんなに泣く子の父はゐないのだ

一月十六日「午後散歩、途中で春菊を買つて帰る、夜も散歩、とう〳〵誘惑にまけて、ひつかけること濁酒一杯、焼酎一杯（それは二十銭だけど、現今の財政では大支出だ！）。」

「こゝに重大問題、いや〳〵重大記録が残つてゐた、――それはかうである、」「実は手帖を忘れて行つたので、そんな事柄をこま〴〵と書きつけておいたのだが、……ともかく、私の生活の第一歩だけは、これできまつた訳だ、それを書き忘れてゐたのだから、私もだいぶ修行が積んだやうだ、三八九最初の、そして最大のナンセンスとでもいひたいもの如件。」

　星があつて男と女
　　ぬかるみをきてぬかるみをかへる

不幸は確かに人を反省せしめる、それが不幸の幸福だ、幸福な人はとかく躓づく、不幸はその人を立つて歩かせる！

……へんてこな一夜だつた、……酔うて彼女を訪ねた、……そして、とう／＼花園、ぢやない、野菜畑の墻を踰えてしまつた、今まで踰えないですんだのに、しかし早晩、踰える墻、踰えずにはすまされない墻だつたが、……もう仕方ない、踰えた責任を持つより外はない……それにしても女はやつぱり弱かつた。……

一月十七日「帰途、薬湯に入つてコダハリを洗い流す、そして一杯ひつかけて、ぐつすり寝た、もとより夢は悪夢にきまつてゐる、いはゞ現実の悪夢だ。今日は一句も出来なかつた、心持が逼迫してゐては句の出来ないのが本当だ、退一歩して、回光返照の境地に入らなければ、私の句は生まれない。」一月十八日「夕方から散歩、ぶら／＼歩きまはる、目的意識なしに——それが遊びだ——そこに浄土がある、私の三八九がある！　また逢うてまた別れる、逢ふたり別れたり、――それが世間相！　そして常住だよ。」

一月廿一日「今日は昼も夜も階下の夫婦が喧嘩しつゞけてゐる、こゝも人里、塵多し、全く塵が多過ぎます、勿論、私自身も塵だらけだよ」

　ひとり住むことにもなれてあたゝかく

一月廿三日

　ひとりにはなりきれない空を見あげる

一月廿四日「うらゝかだつた、うらゝかでないのは私と彼女との仲だつた。」

一月三十日「宿酔日和、彼女の厄介になる、不平をいはれ、小言をいたゞく、仕方ない。」一月三十一日「やつぱり独りがよい。」二月三日「生きるも死ぬるも仏の心、ゆくもかへるも仏の心。」

二月四日「雨、節分、寒明け。」「ひとりで、しづかで、きらくで。」

　ひとりはなれてぬかるみをふむ

二月五日「まだ降つてゐる、春雨のやうな、また五月雨のやうな。毎日、うれしい手紙がくる。雨風の一人、泥濘の一人、幸福の一人、寂静の一人だつた。」

三百余日の空白の後昭和六年十二月二十二日再び行乞の旅に出る。

●両価性とリビドー

泥沼に落ちたような気分、焦燥感、孤独感の根底には山頭火の素質（テンペラメント）がある。家庭は砂漠であると口にしながらも囲炉裏の「あたたかさ」への憧憬を捨てることができない。テンペラメントは性的本能であるリビドーとも密接に関連している。「西洋婦人を犯した」あさましい夢を見て自戒三条をつくるエピソードに触れた。

ここでは「ぬかるみ」の関係にあるSを相手に性的衝動に身をまかせてしまった。独居自炊生活一ヵ月目、散歩に出て酒の誘惑にまけて大支出。「不幸は確かに人を反省せしめる、それが不幸の幸福だ」と自問して酔った勢いで彼女を訪ね「花園ぢやない、野菜畑の墻を踰えてしまつた。」「責任を持つより外ない」が薬湯に入って「コダハリ」を洗い流して一杯ひっかける。「夢は悪夢にきまつてゐる、いはゞ現実の悪夢だ。」回光返照の境地に入らなければと念願する。

川棚温泉行乞中Sからの手紙を受け取る。

昭和七年八月十日「Sからの手紙は私を不快にした、それが不純なものでないことは、少なくとも彼女の心に悪意のない事はよく解つてゐるけれど、読んで愉快ではなかつた、男の心は女には、殊に彼女のやうな女には酌み取れないらしい、是非もないといへばそれまでだけど、何となく寂しく悲しくなる。それやこれやで、野を歩きまはつてゐるうちに気持が軽くなつた、桔梗一株見つけてその一株を折つて戻つた、花こそい、迷惑だつた！」

山頭火は不愉快になって野を歩き回っているうちに気持が軽くなる。行乞の旅は「ぬかるみ」から一時的に解放してくれる。

●リビドーのコントロール

憂鬱気分ではリビドー活動は抑制されているが、アルコールが入ると脱抑制となり放蕩癖が出る。

昭和七年九月十二日「自己勘検は失敗だつた、裁く自分が酔ふたから！」十月十三日「夜、樹明兄来庵、ちよんびり飲んでから呂竹居へ、呂竹老は温厚そのものといへるほど、落ちついた好々人である、楽焼数点を頂戴する、それからまた二人で、何とかいふ食堂で飲む、性慾、放蕩癖、自棄病が再発して困つた、やつと抑へつけて、戻つて、寝たけれど。」

九月十四日「晴、多少宿酔気味、しかし、つゝましい一日だつた。身心が燃える（昨夜、脱線しなかつたせいかも知れない、脱線してもまた燃えるのであるが）、自分で自分を持てあます、どうしようもないから、椹野川へ飛び込んで泳ぎまはつた、よかつた、これでどうやらおちつけた。」

「あゝ、雑草のうつくしさよ、私は生のよろこびを感じる。」

「大きな乳房だつた、いかにもうまさうに子供が吸うてゐた、うらやましかつた、はて私としてどうしたことか！」

　九月十四日の水を泳ぐ

　秋の雑草は壺いつぱいに

九月十五日「憂欝な日は飯の出来まで半熟で、ます〳〵憂欝になる、半熟の飯をかみしめてゐると涙がぽろ〳〵とこぼれさうだ。朝魔羅が立つてゐた、——まさにこれ近来の特種！」

●乳房への憧れ

行乞途上で子どもが吸っている母親の大きな乳房が羨ましくなった。「はて私としてどうしたことか！」と自省しているが、母親の乳房を独占している赤ん坊への嫉妬が感じられる。子どもの頃の母親の自殺による喪失と密接に関係している。山頭火は母親への依存、乳房への依存、お乳への依存をアルコールへの依存、カルモチンへの依存によって満足させようとした。

Ⅱ　山頭火と息子

子どもに対しても矛盾した感情がある。

赤子の泣声を聞いて、人間——殊に自分といふものが嫌にならないものは、痴者か若くは達人である。（大正三年「鞭」）

昭和七年七月廿三日「子供はうるさいものだとしばしば思はせられる、此宿の子はちよろちよろ児でちつとも油断がならない、お隣の子は兄弟姉妹そろうて泣虫だ、競争的に泣きわめいてゐる、子供といふものはうるさいよりも可愛いのだらうが、私には可愛いよりもうるさいのである。」八月十日「こゝでもそこでも子供が泣く、何とまあよく泣く子供だらう、私はまだまだ修行が足らない、とても人間の泣声を蟬や蛙や鳥や虫の鳴声とおなじに聞いてゐられないから、そして子供の泣声を聞くとぢつとしてはゐられない。」

昭和十四年八月廿日「母が恋しくて、何かなしに泣く子、裏の子供は気の毒だな。いろいろさまざまなことを考へさせられる。」

●子どもを見る目

赤子の声を聞いて自己嫌悪しない者は痴者か達人であると記している。子どもは可愛いよりもうるさい存在であり、泣く子どもに対してまだまだ修行が足らないと告白した後で、「母が恋しくて、何かなしに泣く子は気の毒だな」と述懐する。母を求めて泣く子どもは山頭火少年そのものである。
明治四十三年八月長男健誕生。息子の養育は妻に任せきりであったが、山頭火は小学校卒業だけで就職することに反対する。息子は旧制済々黌中学を卒業、飯塚の炭鉱に就職。さらに息子の将来を心配して専門学校への進学を勧める。秋田鉱山専門学校を昭和八年三月卒業、飯塚の炭鉱に就職。
昭和九年四月十五日伊那で川島病院入院、四月二十九日其中庵帰着。五月一日健が見舞いに来る。

「誰か通知したと見えて健が国森君といつしよにやつてくるのにでくはした、二人連れ立つて戻る、何年ぶりの対面だらう、親子らしく感じられないで、若い友達と話してゐるやうだつたが、酒や鑵《マヽ》詰や果物や何か彼や買うてくれた時はさすがにオヤヂニコニコだつた。」

六月二十二日「こんなことをあなたにおたのみしていいかどうかは別として、目下、私がたいへん困つておりますので健にいくらでも送つてくれるやうに伝へて下さいませ

んでせうか、直接にはとても〱です、どうぞよろしく。」（木村緑平宛て手紙）

昭和九年七月十四日「父と子との間には山が山にかさなつてゐるやうなものだ（母と子との間は水がにじむやうなものだらう）、Kは炭塵にまみれて働らいてゐる、彼に幸福あれ。」

　　ふと子のことを百舌鳥が啼く

息子への無心は続く。

昭和十三年九月廿七日「予期した通りにKから送金、何とキチョウメンな息子だらう、ありがたし〱。さつそく街へ、——払へるだけ払ひ（払はなければならない半分も払へない）、買へるだけ買ふ（買ひたい半分も買へない）、何だか寂しくなり悲しくなる、一二杯ひつかけて理髪して貰ふ、農学校へ寄つたら、牛がお産するところだつた。コスモスが愛らしく咲きだした、向日葵がどう〱と咲いてゐた。午後また街へ、だいぶ飲んだ、——今日は一升近く呷つたろう、酔ふた、久しぶりにいゝ気分になつた、それでもおとなしく戻つて来て寝た——善哉々々、山頭火バンザアイ！」昭和十四年十二月十四日「藤岡さんを局に訪ねて郵便物をうけとる、いづれもうれしいたよりであるが、とりわけ健からのはうれしかつた、さつそく飲む、食べる、——久しぶりに酔つぱらつた。」

昭和十五年二月廿一日「健から来信、ありがたうありがたう、キユツと一杯！　うまいなあ！　夕にはまた街へ出かけて一本仕入れて帰り、チビリ〳〵、仕事をすました安心と、早く送金してくれた嬉しさとで、ほどよく酔うて、ぐつすり睡つた。」三月廿三日「健から書留、ありがたう〳〵、御礼々々。さつそく街へ出かけて買物をする、荷が重かつた、腹がぺこ〳〵なので！　まつたく春、好日好日大好日。一杯一杯また一杯！　また街へ、また買物。」七月廿四日「朝の涼しさ、何となく秋を感じた〝土用なかばに秋の風〟である。ありがたう、健よ、ありがたう、——さつそく街へ出かける、払へるだけ払うて、買へるだけ買うて、そして飲めるだけ飲み食べるだけ食べた、——ありがたう〳〵。」九月廿三日「うれしや、健から着信、（期待した金高でなかつたのを物足らなく思ふとは何といふ罰あたりだらう！）」

●親子の役割

社会的経済的に自立した息子に「若い友達と話してゐるやうだつた」印象は正直な気持ちであろう。山頭火は喜びを「オヤジニコニコだつた。」と第三者的に表現している。父親として二者関係への遠慮があったのであろう。

息子からの送金を子どものように喜び「健から来信、ありがたうありがたう、キユッと一杯！」「ありがたう、健よ、ありがたう、――ありがたう〳〵。」と甘えている。炭塵にまみれて働いている息子に「幸福あれ。」とエールを送り、二人の間に両価性は感じられない。

息子との関係は自身の父親との関係に比べて温かい。「父と子との間には山が山にかさなつてゐるやうなものだ」と述べているが、山頭火自身の父親との間には乗り越え不可能な山が存在した。息子との間には穏やかに重なり合う山があった。その山はすでに息子によって乗り越えられていた。

母親と息子の関係は「水がにじむやうなものだらう」と述べている。父親との間よりも母親との間では情緒的交流が自然に行われる。山頭火にとって母親との関係は水がにじむように浸透することなく断ち切られてしまった。

文献

『山頭火日記（二）』（春陽堂、1989）

『山頭火日記（四）』（春陽堂、1989）

『山頭火日記（六）』（春陽堂、1989）

『山頭火日記（七）』（春陽堂、1989）

『山頭火日記（八）』（春陽堂、1989）

『山頭火アルバム』村上護・編（春陽堂、1986）

『山頭火を語る』荻原井泉水、伊藤完吾・編（1986）山頭火の言葉　34–56.

『山頭火著作集　Ⅳ』草木塔　自選句集（潮文社新書、1994）

『種田山頭火』新潮日本文学アルバム（新潮社、1993）

『山頭火の手紙』村上護（大修館書店、1997）息子との談合　109–111.

ibid. 37. 句集出版を企てる　161–163.

ibid. 句友歓談　121–124.

ibid. 故郷のほとり　256–259.

ibid. 父と子の間　289–292.

第五章　依存性の精神病理

I　山頭火と同人たち

山頭火は昭和五年九月九日日記や手記すべて焼き捨てて熊本の妻サキノのもとを出発したが、九月十四日には「行乞相があまりよくない、句も出来ない、そして追憶が乱れ雲のやうに胸中を右往左往して困る」「アルコールの仮面を離れては存在しえないやうな私ならばさつそくカルモチンを二百瓦飲め」と追い詰められる。「私は今、私の過去の一切を清算しなければならなくなつてゐるのである、たゞ捨てゝも〳〵捨てきれないものに涙が流れるのである。」

重荷を背負って行乞を続ける山頭火ではあったが、追憶に追われ涙を流しながら歩いていたわけではない。同人たちが留置きの郵便物などで温かく接する。

●無一文の幸福を飽喫

井泉水は昭和五年「同人山頭火」で記している。

山頭火君、又しばらく振りで句を見せてくれたが、かれは矢張り、歩いてゐないと――歩くといふ事が生活のリズムになってゐないと、句が出来ないらしいのだ。彼の歩いてゐる九州には西は博多、東は中津、北は門司、南は宮崎と、到る処に同人があって彼を待受けるやうにまでしてゐるので、彼は無一文の幸福を飽喫してゐる訳だ。

昭和五年九月二十二日「すつかりくたぶれたけれど、都城留置の手紙が早くみたいので、むりにそこまで二里、暮れて宿についた、そしてすぐまた郵便局へ、――友人はありがたいとしみ〴〵思つた。」十月十日「三里を二時間あまりで歩いた、それは外でもない、局留の郵便物を受取るためである、友はなつかしい、友のたよりはなつかしい。」十月十九日「因果歴然、歩きたうないが歩かなければならない、昨夜、飲み余したビールを持ち帰つてゐたので、まづそれを飲む、その勢で草鞋を穿く、昨日の自分を忘れるために、今日の糧を頂戴するために、そして妻局留置の郵便物を受取るために（酒のうまいやうに、友のたよりはなつかしい）。」十月三十日「また雨だ、世間師泣かせの雨である、詮方なしに休養する、一日寝てゐた、一刻も早く延岡で留置郵便物を受取りたい心を抑へつけて、――しかし読んだり書いたりすることが出来たので悪くなかつた、頭が何となく重い、胃腸もよろしくない、昨夜久しぶりに過ごした焼酎のたゝりだらう、いや、それにきまつてゐる、自分といふ者について考へさせられる。」

十月卅一日「途中土々呂を行乞して三時過ぎには延岡着、郵便局へ駆けつけて留置郵便を受取る、二十通ばかりの手紙と端書、とりぐ〳〵にうれしいものばかりである（彼女からの小包も受取つた、さつそく袷に着換へる、人の心のあたゝかさが身にしみこむ）。」

ゆき〳〵て倒れるまでの道の草

十一月十七日「朝酒は勿躰ないと思つたけれど、見た以上は飲まずにはゐられない私である、ほろ〳〵酔うてお暇する、いつまたあはれるか、それはわからない、けふこゝで顔と顔を合せてる――人生はこれだけだ、これだけでよろしい、これだけ以上になつては困る。……

情のこもつた別れの言葉をあとにして、すた〳〵歩く、とても行乞なんか出来るものぢやない、一里歩いて宇ノ島、教へられてゐた宿へ泊る、何しろ淋しくてならないので濁酒を二三杯ひつかける、そして休んだ、かういう場合には酔うて寝る外ないのだから。」「友人からのたより——味々居で受取つたもの——をまた、くりかへしくりかへし読んだ、そして人間、友、心といふものにうたれた。」

　別れて来た道がまつすぐ

アルコールの仮面による無一文の幸福感は長続きしない。

十一月廿四日　星城子居（もつたいない）

裁判所行きの地橙孫君と連れ立つて歩く、別れるとき、また汽車賃、辯当代をいたゞいた、すまないとは思ふけれど、汽車賃はありますか、辯当代はありますかと訊かれると、ありませんと答へる外ない、おかげで行乞しないで、門司へ渡り八幡へ飛ぶ、やうやく星城子居を尋ねあて、腰を据える、星城子居で星城子に会ふのは当然だが、俊和尚に相見したのは意外だつた、今日は二重のよろこび——星氏に会つたよろこび、俊氏に逢つたよろこび——を与へられたのである。

　逢ひたうて逢うてゐる風（地橙孫居）

　鰯かみしめては昔を話す（〃）

また逢ふまでの山茶花の花（味々氏へ）

標札見てあるく彦山の鈴（星城子居）

しぐるゝやあんたの家をたづねあてた（〃）

省みて、私は搾取者ぢやないか、否、奪掠者ぢやないか、と恥ぢる、かういふ生活、かういふ生活に溺れてゆく私を呪ふ。……（一部省略）

荷物の重さ、いひかへれば執着の重さを感じる、荷物は少なくなつてゆかなければならないのに、だんだん多くなつてくる、捨てるよりも拾ふからである。

●捨てきれないもの

昭和七年刊行第一句集『鉢の子』で「昭和四年も五年もまた歩きつづけるより外なかった、あなたこなたと九州地方を流浪したことである」と述べている。

捨てきれない荷物のおもさまへうしろ

昭和六年三月井泉水は俳談会で語っている。

不必要なものは捨てゝ行き、捨てゝ行きしたけれども、どうしても捨てきれないものが猶残ってゐるといふのだ、捨てきれないのきれといふ言葉に注意したい、その捨てきれないものが、まだ〳〵肩に振り分けてまへうしろに持ってあるかねばならぬ程ある。そのどうしやうもないものを感じてゐる気持ちだらうと思ふ。尤も、その捨てきれないとなす物も、今の境涯よりもう一つ高い境涯に登り得れば、弊履の如く捨て去る事が出来るに違ひない、さうした高い境涯には未だ到達し得ないといふ悲しさ、その作者の悲しい心は此句を通して感じられないでもない。

Ⅱ　山頭火の心友、緑平

1．うれしい緑平居へ邁進

九州観音巡礼の旅の一日星城子居で句友たちの歓待に感謝するが一方では「搾取者ぢやないか、否、奪掠者ぢやないか」と恥じ、そのような生活に溺れる自分を呪いつつも友と別れて憂欝になる。耐えきれなくなり直方からは汽車で緑平居へ邁進。夫妻の温かい雰囲気に包まれ一時の平安を見出す。

昭和五年十一月廿六日　緑平居（うれしいといふ外なし）

ぐつすり寝てほつかり覚めた、いそがしく飲んで食べて、出勤する星城子さんと街道の分岐点で別れる、直方を経て糸田へ向ふのである、歩いてゐるうちに、だん〳〵憂欝になつて堪へきれないので、直方からは汽車で緑平居へ驀進した、そして夫妻の温かい雰囲気に包まれた。……

味々居から緑平居までは歓待優遇の連続である、これでよいだらうかといふ気がする、飲みすぎ饒舌りすぎる、遊びすぎる、他の世話になりすぎる、他の気分に交りすぎる、勿躰ないやうな、早敢《マヽ》ないやうな心持になつてゐる。

山のうつくしさよ、友のあたゝかさよ、酒のうまさよ。

今日は香春岳のよさを観た、泥炭山《ボタヤマ》のよさも観た、自然の山、人間の山、山みなよからざるなし。

あるだけの酒飲んで別れたが（星城子君に）

夜ふけの甘い物をいたゞく（四有三居）

ボタ山の下でまた逢へた（緑平居）
また逢うてまた酔うてゐる（〃）
小菊咲いてまだ職がない（闘牛児君に）

十一月廿七日　読書と散歩と句と酒と、緑平居滞在。

緑平さんの深切に甘えて滞在することにする、緑平さんは心友だ、私を心から愛してくれる人だ、腹の中を口にすることは下手だが、手に現はして下さる、そこらを歩い《マヽ》見たり、旅のたよりを書いたりする、奥さんが蓄音機をかけて旅情を慰めて下さる、——ありがたい一日だつた、かういふ一日は一年にも十年にも値する。

夜は二人で快い酔にひたりながら笑ひつゞけた、話しても話しても話は尽きない、枕を並べて寝ながら話しつゞけたことである。

生えたまゝの芒としてをく（緑平居）
枝をさしのべてゐる冬木（〃）
ゆつくり香春も観せていたゞく（〃）
旅の或る日の蓄音機をきかせてもらう（〃）
夕日の机で旅のたより書く（〃）

（一部省略）

今度で緑平居訪問は四回であるが、昨日と今日とで、今まで知らなかつたよいところを見つけた、といふよりも味はつたと思ふ。

十一月廿八日「八時緑平居を出る、どうも近来、停滞し勝ちで、あんまり安易に狎れたやうである、一日歩かなければ一日の堕落だ、など、考へながら河に沿うて伊田の方へのぼる、とても行乞なんか出来るものぢやない（緑平さんが、ちやんとドヤ銭とキス代とを下さつた、下さつたといへば星城子さんからも草鞋銭をいたゞいた）、このあたりの眺望は好きだ、山も水も草もよい、平凡で、そして何ともいへないものを蔵してゐる、」「ぶらりぶらり歩く、一歩は一歩のうら、かさやすらかさである、句を拾つて来なさいといつて下さつた緑平さんの友情を思ひながら――」

落葉ふんでおりて別れる（緑平君に）

みすぼらしい影とおもふに木の葉ふる（自嘲）

十一月廿九日　緑平居「行乞は雲の如く、水の流れるやうでなければならない、ちよつとでも滞つたら、すぐ紊れてしまふ、与へられるまゝで生きる、木の葉の散るやうに、風の吹くやうに、縁があればとゞまり縁がなければ去る、そこまで到達しなければば何の行乞ぞやである、やつぱり歩々到着だ。」「夜は緑平居で句会、門司から源三郎さん、後藤寺から次郎《マヽ》さん、四人の心はしつくり融け合つた、句を評し生活を語り自然を説いた。真面目すぎる次郎さん、温情の持主ともいひたい源三郎さん、主人公緑平さんは今更いふまでもない人格者である。源三郎さんと枕をならべて寝る、君のねむりはやすらかで、私の夢はまどかでない、しば〱眼ざめて読書した。」

　けふは逢へる霜をふんで（源三郎さんに）

2.最初の出会いと不始末

山頭火と緑平の関係は特別である。大正七年八月初めて出合った当時、木村緑平は長崎医専を卒業後三井三池鉱業所に勤務する内科医であり大牟田市の借家に住んでいた。緑平は俳号。山頭火三十八歳、緑平三十二歳。「山頭火追憶」に様子が描かれている。

鳥打帽子に霜降りの厚司と云ふ商人風のいであちであった。絵葉書の行商の帰り途だと云って風呂敷包みを持って、夕方突然たづねて来た。丁度その晩、私は病院の当直にあたってゐたので、少し早目に飯を食べに戻ってゐた処だった。兎に角上がって貰って晩飯を一所にたべ再会を約束して、君は停車場へ私は病院に途中で別れた。

ところで翌朝早く警察から電話がかかって来たので何事が出来たのかと思って出てみると、種田正一と云ふ者を知ってゐるかと尋ねたのである、でどきまぎしながら知ってゐると答へると、実は昨夜これこれであったとの事に驚いて警察に出向ひて、身柄を引受け熊本に返したのであった。

緑平と別れて寂しくなり駅前の飲食店で泥酔し汽車の時間に遅れたのだ。最初の出会いから高額の尻拭いをさせられた。にもかかわらず緑平は徹底的に山頭火の面倒を見た。いくつかの緑平居での句である。

逢ひたいボタ山が見えだした
お留守へ来て雀のおしやべり（緑平居）
何が何やらみんな咲いてゐる（緑平居）
雀よ雀よ御主人のお帰りだ（緑平老に）
なつかしい頭が禿げてゐた（緑平老に）

山頭火の心のなかで緑平とボタ山の風景は一つに結びついている。

3．緑平への無心と言い訳

緑平への無心は枚挙にいとまがない。昭和四年旅先からハガキをだして郵便局留置きで金を無心。昭和五年六月二十三日自棄酒を飲んで多額の借金をして多額のゲルト（金）を無心。昭和五年十二月十四日借金生活の用立てを頼む。昭和七年二月八日句集出版の援助を頼み、二月十八日飲みすぎて女を買ったといってゲルトを送ってもらう。昭和七年三月二十三日結庵のため用立てを留置きで求める。

昭和七年三月廿三日　木村緑平宛ての手紙

……私は孤独を守つてゐなければならない性情の持主です、せめて晩年に於てなりとも、私本来の生活——思ひあがつていへば孤高、砕けていへば独りぼつちの生活を送りたいと、それのみを明け暮れ念じてをります、今日まで自分が歩いてきた道、それはまことにみじめなあさましいものでありました、若し私に句と酒とが与へられてゐなかつたならば、私といふものは、とつくの昔に消滅してゐたでせう、仏門にはいつてからの多少の修養は私を『空の世界』に逍遥せしめないでもありませんが、アルコールから離れカルモチンを捨てさせるほどではありません。……

●得られない「空の世界」

山頭火の精神病理はアルコール依存と密接に結びついている。山頭火の句には孤高の生活を念じ仏門に入っても「空の世界」は得られず、アルコールの仮面を捨てることはできなかった。井泉水はもう一つ高い境涯に登ることができれば人生の重荷を捨て去ることができると述べたが、アルコールが障害となった。

●アルコール依存症の支え手たち

アルコールの仮面を捨てられなかった要因としてそれを支えた人たちの存在を無視することはできない。アルコール依存症のような嗜癖行動には家族、友人など「支える人」たちが存在する。「支え手」（イネイブラー）たちである。

アルバート・エリスらは依存者を取り巻く「支え手」を三タイプに分類。「ジョイナー型」「救済者型」「沈黙の受難者型」である。

「ジョイナー型」は当事者にアルコールを提供し金銭を用立て一緒に飲酒する。支え手も気兼ねすることなく飲酒癖を支える。

「救済者型」は飲酒に反対の意思を表明し習慣を変えようと躍起になる。中毒の不幸な結末を理解して救おうと努力する。そのためにみずからが借金をしてまで飲酒のつけを清算する。暴れられても悪いのはアルコールであり、やはり自分を必要としていると考える。救済者型は一時的に当事者を守れるが、結局は依存を助長させ不幸な結末に至らせる。

「沈黙の受難者型」は飲酒習慣を積極的に止めることも依存から救い出そうと試みることもない。当事者と対決することもない。借金が清算されていないことも友だちが敬遠していることにも触れない。当然アルコール依存の不幸な結末から逃れることはできない。支え手たちは意識的、無意識的に依存を否認している。当事者に世の中はうまくいっているという幻想を抱かせる。沈黙の受難者型はとてつもない痛みへの耐性があり、否認への偉大な能力がある。

緑平は「ジョイナー型」「沈黙の受難者型」の機能を果たしている。山頭火の数々の無心と言い訳に対して一切非難することなく受け入れた。山頭火への友情と大きな包容力、そしてとてつもない耐性であった。緑平は単なる同人ではなく内科医でありアルコール依存についての専門知識も有していたと思われるが「救済者型」のように飲酒の病理を説得することもなく「ジョイナー型」として接した。

4. ボタ山をふり返る

昭和五年十一月卅日　次郎居「殊に私は緑平さんからの一本を提げてきた、重かつたけれど苦にはならなかつた、飲むほどに話すほどに、二人の心は一つとなつた、酒は無論うまいが、湯豆腐はたいへんおいしかつた。」

　ボタ山のたゞしぐれてゐる
　ボタ山もとう〳〵見えなくなつてしまつた
　笠も漏りだしたか（自嘲）

「ふり返らない山頭火、うしろ姿のいい山頭火」であるが、緑平の思い出につながるボタ山を振り返りつつ次郎居に向かっている。

5. 同人たちとの交歓、緑平

十一月廿九日、緑平居を去った後も句友たちによる歓待は続く。

十二月一日　次郎居滞在、読書、句作、漫談、快飲、等々。

朝酒したしう話しつゞけて

次郎さんは今日此頃たつた一人である、奥さんが子供みんな連れて、母さんのお見舞に行かれた留守宅である、私も一人だ、一人と一人とが飲みつゞけ話しつゞけたのだから愉快だ。

十二月二日　何をするでもなしに、次郎居滞在。

毎朝、朝酒だ、次郎さんの厚意をありがたく受けてゐる、次郎さんを無理に行商へ出す、私一人猫一匹、しづかなことである、夜は大根膾をこしらへて飲む、そして遅くまで話す。

次郎居即事

朝の酒のあたゝかさが身ぬちをめぐる

人声なつかしがる猫とをり

家賃もまだ払つてない家の客となつて

十二月三日「次郎居滞在。今日は第四十八回目の誕生日だつた、去年は別府附近で自祝したが、今年は次郎さんが鰯を買つて酒を出して下さつた、何と有難い因縁ではないか。」「次郎さんは善良な、あまりに善良な人間だ、対座して話してゐるうちに、自分の不善良が恥づかしくなる、おのづから頭が下がる――次郎さんに欠けたものは才と勇だ！」

話してる間へきて猫がうづくまる

十二月四日「冷たいと思つたら、霜が真白だ、霜消し酒をひつかけて別れる、引き留められるまゝに次郎居四泊はなんぼなんでも長すぎた。十一時の汽車に乗る、乗車券まで買つて貰つてほんたうにすまないと思ふ、それぱかりぢやない、今日は行乞なんかしないで、のんきに歩いて泊りなさいといつて、ドヤ銭とキス代まで頂戴した、――かういふ場合、私は私自身の矛盾を考へずにはゐられない、次郎さんよ、幸福であつて下さい、あんたはどんなに幸福であつても幸福すぎることはない、それだのに実際はどうだ、次郎さんは商売の調子がよくないのである、日々の生活も豊かでないのである。」

　別れともない猫がもつれる

　これでも生活《くらし》のお経あげてゐるのか

さみしいなあ――ひとりは好きだけれど、ひとに《マヽ》なるとやつぱりさみしい、わがまゝな人間、わがまゝな私であるわい。

十二月五日「酒壺洞居。夜は酒壺洞居で句会、時雨亭さん、白楊さん、青炎郎さん、鳥平さん、善七さん《マヽ》さんに逢つて愉快だつた、散会後、私だけ飲む、寝酒をやるのはよくないのだけれど。……」「存在の生活といふことについて考へる、しなければならない、せずにはゐられないといふ境を通つて来た生活、『ある』と再認識して、あるがまゝの生活、山是山から山非山を経て山是山となつた山を生きる。」十二月六日「時雨亭居。時雨亭さんは神経質である、泊るのは悪いと思つたけれど、やむなく今夜は泊めて貰ふ、酒壺洞君もやつてきて、十二時頃まで話す。」十二月七日「福岡の中州をぶら〳〵歩いてゐると、私はほんたうに時代錯誤的だと思はずにはゐられない、乞食坊主がうろ〳〵してると叱られそうな気がする。」「すぐれた俳句は――そのなかの僅かばかりをのぞいて――その作者の境涯を知らないでは十分に味はへないと思ふ、前書なしの句といふものはないともいへる、その前書とはその作者の生活である、生活といふ前書のない俳句はありえない、その生活の一部を文字として書き添へたのが、所謂前書である。」十二月八日「双之介居。今夜は酔ふた、すつかり酔つぱらつて自他平等、前後不覚になつちやつた、久しぶりの酔態だ、許していたゞかう。」十二月十四日「苦味生居、末光居。さびしいほどのしづかな一夜だつた、緑平さんへ長い手紙を書く、清算か決算か、とにかく私の一生は終末に近づきつゝあるやうだ、とりとめもない悩ましさで寝つかれなかつた、暮鳥詩集を読んだりした、彼も薄倖な、そして真実な詩人だつたが。我儘といふことについて考へる、私はあまり我がまゝに育つた、そしてあまり我がまゝに生きて来た、しかし幸にして私は破産した、そして禅門に入つた、おかげで私はより我がまゝになることから免がれた、少しづゝ我がまゝがとれた、現在の私は一枚の蒲団をしみ〴〵温かく感じ、一片の沢庵切をもおいしくいたゞくのである。」

十二月十五日「また熊本の土地をふんだわけであるが、さびしいよろこびだ、寥平さんを訪ねる、不在、馬酔木さんを訪ねて夕飯を御馳走になり、同道して元寛さんを訪ねる、十一時過ぎまで話して別れる、さてどこに泊らうか、もうおそくて私の泊るやうな宿はない、宿はあつても泊るだけの金がない、まゝよ、一杯ひつかけて駅の待合室のベンチに寝ころんだ、ずゐぶんなさけなかつたけれど。……」
あてもなくさまよう笠に霜ふるらしい
寝るところが見つからないふるさとの空

●許される甘えと依存

次郎居に四泊、行商を生業の次郎さんに朝酒の接待を受け第四十八回目の誕生日に酒の肴を用意してもらう。次郎さんは家賃もまだ払っていない。善良であるが経済的に恵まれた家庭ではない。それでも出立に際して汽車賃のみならずドヤ銭とキス代まで頂戴する。山頭火にとって読書、句作、漫談、快飲の日々であったが一人になると「わがまゝな人間、わがまゝな私である」と反省する。酒壺洞居、時雨亭居、双之介居でも歓待され幸福の飽喫となり酔っぱらって前後不覚となる。同人たちは緑平と同じような態度で接している。

最後は緑平である。苦味生居、末光居での一人だけのしづかな夜に耐えきれなくなり長文の手紙を書く。

昭和五年十二月十四日　木村緑平宛て手紙

こんばんはほんたうにいい一夜ですよ。しづかでしたしくて、おちついて寝られます、わがまゝをいへば、これが私ひとりだつたら申分ありません、私はあくまでも、反社会的非家族的な人間ですね、これから熊本へ帰ります、熊本のどこへ――かう自分が自分に問ひかけるのだからやりきれません、といつてどうします。熊本は熊本、私は私――やつぱり自分のベツドは持たずにはゐられません。
これから熊本へ帰つてどうする――昨春は失敗しましたよ、失敗してから失敗のつらさつまらなさがよく解りました。（一部省略）
事務的にいへば、私はこれから熊本で当分間借生活をします、それだけの準備のお助けを願ひたいのです。

　ひとすぢに水のながれてゐる

（一部省略）
こんやはしづかで、さびしいほどしづかで酔うて物を思ひます、やりきれませんよ。

　霧、煙、埃の中を急ぐ

こんな句も作りました、句だか何だか解りませんが、感情だけは偽りません、何を書いたか、書きたい事だけは書いたやうです、読みかへしません、どうぞ御推読を願ひます、奥様によろしく、御返事を待つてゐます。　山生

「私はあくまでも、反社会的非家族的な人間ですね」と自嘲しながらも無心を繰り返す山頭火が孤独な破局に直面することはない。

Ⅲ　山頭火の支え手たち

1．井泉水、山頭火、同人たち

全国を行乞しながら先々で歓待された背景には井泉水の後押しがあった。

昭和七年山頭火句集出版「趣意書」の追言である。

昔の西行とか能因とか云ふ世捨人は、一生を行脚にすごしたのではあるが、それでも吉野の奥とか象潟とか云ふ所に草の庵を結んで住む事にした。誰にしても肉体の健康には限りがあり、又心魂に休息を与へることは必要である。我が山頭火君の為にも、

せめて雨露を凌ぐに足るだけの、膝を容るゝに足るだけの草庵を作つてあげたいといふ友人等の懇情には、まことに嬉しいものがあると思ふ。是はたゞ発起人の友人のみに任しておくべきではない、諸君もどうぞ、進んで、我も亦山頭火の友人であると名乗り出ていたゞきたいのである。

句友たちの態度は晩年に至っても変わらない。

昭和十三年九月二十五日「昨日も今日も待つとなく待つてゐたが、誰も訪ねて来てくれなかつた（暮羊君がちよつと来たゞけ）、軽い失望を感じて何だか寂しかつた。」「それにしても敬君はどうしたのだろう、少し腹が立つ！」九月廿六日「私は支へられて生き残つてゐる！」「それなのに、このごろ、ともすれば腹が立つ（人間に対して）。」「何で腹が立つ、腹を立てるほど私はしつかりしてゐないぢやないか、我儘を捨てろ、自己を知れ。」
昭和十四年七月廿一日「ううさんやあさん来訪、呉郎さんもやつて来て、酒、酒、酒、それから、それから、それから、――酒はうまいが、酔ふとやつぱり嫌なことがある。……」「酒をつゝしむべし、つゝしまざるべからず、ひとりの酒を味ふべし、おちついてしづかに味ふべし、自分にかへれ、自分の愚を守れ、すなほであれ、つゝましかれ、しやべるな、うろつくな。」八月卅一日「やあさんのおかげで晩酌一本、ありがたう〳〵。」「こころよくねむつた。」「私は喜んで恩に着るが、恩を着せられるのはまつぴらだ、――これが私の気質である、私は某君に対して、いつもかく感じないではゐられない、許してくれたまへ。」「空々寂々、是非の中で是非にしばられない、利害の中で利害にとらはれない、――動いて動かない心である。」九月十六日「私は人間の中に入りこみすぎた、あまりに多くの人間に接した。いはゆる友達なるものから遠ざかれ。」「それにつけても、旧友はありがたいかな。」「緑、澄、樹、敬、等々君の如きは。」十一月十四日「寒くなつた、冬が近づいたなと思ふ、沈欝やりどころなし、澄太君からも緑平老からも、また無相さんからも、どうしてたよりがないのだらう、覚悟して――といふよりも、あきらめて――まゝよ一杯、また一杯。」

昭和十五年三月廿七日「――酔うてゐる、さらに飲む、いよ〳〵酔ふ、――澄太君来庵、君は私の酔態に避易《マヽ》してゐることがよく解る、――そこへ一洵君も来庵、三人同道して道後の八重垣旅館へ押しかける、私だけ酒をよばれる、三人で悪筆乱筆を揮ふ、夕方、自動車で伊予鉄ホールの講演会へ出かけて、初めて澄君の講演を聴いた、よか〱。」「いそいで、ひとりさびしくかへつた、酔ざめのはかなさ、せつなさ、自から責めて自ら詫びた！」三月廿八日「人に逢ひすぎるのはよくない、人間は人間の中だけれど、時々は人間を離れて人間——自分をも——観るがよい、私は近来人に接しすぎるやうだ、考ふべし。」

●見捨てられ不安、両価性

誰も訪ねて来ないと見捨てられ不安を感じて失望し腹立たしさを覚える。反面「支えられて生き残つてゐる！」「我儘を捨てろ、自己を知れ。」と反省。仲間が訪ねてきて酒が入ると「ありがたう〱。」と一変する。「私は喜んで恩に着るが、恩を着せられるのはまつぴらだ」と口にするが最後は「許してくれたまえ」。矛盾した感情、両価性が認められる。「利害にとらはれない、——動いて動かない心」は容易に得られない。「いはゆる友達なるものから遠ざかれ。」と強がりを言っても「緑、澄、樹、敬、等々君の如き」句友たちの存在なしに行乞を維持することはできない。便りがないと「あきらめて——まゝよ一杯、また一杯」とアルコール依存の世界に逃避する。酔いから覚めると自己叱責し自ら詫びる。

●同人、偉大な支え手たち

山頭火は飲酒する前の気分が塞がっている自分、飲酒して一気に開放的になり幸福感を満喫できる自分、酔いが覚めて後悔、自嘲、自己叱責しなければならない自分に最後まで苦しんだ。塞がっている時も飲酒を楽しんでいる時も自責感に苦しんでいる時も、人生を物心両面にわたって支え続けた井泉水と緑平に代表される偉大な「支え手」がいた。

昭和十五年「同人山頭火」で荻原井泉水は述べている。

山頭火は好く人に愛せられた。かれの「わがまま」が其まま、一つの性格として、人に容れられた。ずいぶん、人に迷惑をかけたこともあったらしいが、其ですらも甘受せられた。彼はちと、人にあまえすぎた点さへもある。とにかく、今の世の中に、彼ほどの「わがまま」を通して生きられたといふことは結構なこととも云へる。だが、彼の句は「わがまま」から生まれた句ではなくて、其「わがまま」に対する自嘲乃至反省から生まれたものと見るべき所に、彼の句が彼の魂のうめきとしての力をもつのである。

山頭火の作品は「わがまま」に対する自嘲乃至反省から生まれ「魂のうめきとしての力をもつ」ことになった。

2. 緑平居への最後の訪問

昭和十五年四月一代句集『草木塔』を刊行し、句友たちに贈るために山口から九州地方に出かけた最後の旅の途中に緑平を訪ねる。

昭和十五年六月一日

正午前、赤池着、駅前で理髪して緑平居を訪ふ、出勤不在、奥さんがさつそく、やつ、こ豆腐とビールとを出して下さる、おいしくいたゞく。

緑平はなつかしい、緑平居はなつかしい。

夕方、主人帰宅、快食快食。

おそくまで寝物語、あゝ緑平はなつかしい。

緑平居

どうやら雨になりさうな茄子苗も二三

翌日六月二日若松から乗船、翌日昼前に松山の高浜、「私自身の寝床」である一草庵に帰着。六月二十九日「時々アル中の発作に襲われる、身辺を幻影しきりに去来する」。

3. 緑平への贈り物

井出逸郎は「山頭火、緑平は現在では同性愛作家といはれる程親密な作家で、それは句の上でも私文の上でもさうなのだ。緑平のうちには山頭火の足あとが一杯だ。山頭火日記などといふ珍品が緑平のうちにある。自分は去年の夏、緑平のうちを訪ねて緑平の人柄に接してみて何ともいはれぬ安らかな気持ちを得た。」と記している。

緑平自身の受け止めについて「山頭火追憶」から引用する。

かうした過失は死ぬまで繰り返したやうである。ことに熊本や八幡のやうな同人の多い処に行くと気がゆるむと見え、いつも不始末を仕出かしたらしい。其中庵時代小郡でも随分方々に迷惑をかけたやうだ。友人から苦情をきかされた事も一度や二度ではなかった。然し本人もこの事については余程苦しんだ模様である。彼の日記の中に「酒を呪い、身を呪つて、酒からのがれよ」「死ぬにも死ねないみじめさである」「断乎として節酒、減食を実行する」「過去一切を清算する」とも云ってゐるし、「私は矛盾だらけでそれはアルコールがもたらしたものである」とも反省してゐる。又「一度犯した過去は二度犯すと云ふ、私はいつも同じ過去を犯してゐる」とも懺悔してゐる。又「身心整理が出来るにはどうしても酒をやめねばならない」とも云ってゐる。

風の中おのれを責めつゝあるく

この句なども或る失敗の後の反省であらう。

それにもかかわらず死ぬまで酒はやめられなかったやうである。最後の安住地松山の一草庵でも、死の前夜まで飲んでゐる。思ひ残すことなく飲んで、人手もかりず、眠るごとく静かに死んで行った翁は、確かに幸福であったと思ふ。

まことに残したいものはみんな残して行つた旅の日と白雲

（昭和十五年十月三十日松山より帰りて記す）

緑平は酒にまつわる数々の不始末による苦情を聞かされていたが一切伝えることもなく

物心両面にわたって徹底的に面倒を見た。「ジョイナー型」「沈黙の受難者型」としての機能を果たした。山頭火が「死ぬまで酒はやめられなかった」ことを認め「死の前夜まで飲んでゐる。思ひ残すことなく飲んで、人手もかりず、眠るごとく静かに死んで行った翁は、確かに幸福であったと思ふ。」

●偉大なる母親イメージ

苦情もなく言い訳と無心を受け入れてくれる緑平を、山頭火は最後まで「緑平はなつかしい、緑平居はなつかしい。」と慕い続けた。山頭火が甘えて依存し続けた背景には生立ちが関係している。「私一家の不幸は母の自殺から初まる」と記し、昭和四年九州三十三ヵ所観音巡礼も亡母の回光を兼ねた巡拝の旅であった。早稲田大学時代から神経衰弱に悩まされ不眠から逃れるようにアルコール、カルモチン依存になった。物質依存により心の飢えを満たそうとする背景には亡き母親への強い愛着、強い依存感情があった。このような依存感情は緑平と出合うことにより一時的に癒される。行乞していて憂欝に耐え切れなくなるとボタ山が見える緑平居へ邁進した。「なつかしい、なつかしい」緑平のなかに見出したのは偉大な母親イメージであった。

●贈り物としての日記

反社会的非家族的な人間である自分をすべて受け入れ満たしてくれる偉大な母親イメージの緑平に、山頭火は後世に残る貴重な贈り物をした。緑平居に残された「山頭火日記」である。

文献

『山頭火日記（一）』（春陽堂、1989）

『山頭火日記（二）』（春陽堂、1989）

『山頭火日記（六）』（春陽堂、1989）

『山頭火を語る』荻原井泉水、伊藤完吾・編（1986）山頭火の言葉　34-56.

ibid. 荻原井泉水：同人山頭火「雑記」93.

ibid. 荻原井泉水：同人山頭火「秋寒し」119.

ibid. 荻原井泉水：素顔の山頭火「山頭火を語る」202-203.

ibid. 荻原井泉水：素顔の山頭火「山頭火追憶－初めて会った時」182-184.

ibid. 荻原井泉水：素顔の山頭火「緑平と山頭火」143-147.

『山頭火の手紙』村上護（大修館書店、1997）句集出版の計画、井泉水の追言　203.

ibid. 大正八年四月二十四日木村緑平宛て、「緑平との出会い」61-65.
ibid. 昭和四年一月四日木村緑平宛て、「旅で三回目の正月」102.
ibid. 昭和五年六月二十三日木村緑平宛て、「火急の無心状」142-143.
ibid. 昭和五年十二月十四日木村緑平宛て、「句集出版を企てる」161-163.
ibid. 昭和七年二月八日木村緑平宛て、「句集出版の計画」198-199.
ibid. 昭和七年二月十八日木村緑平宛て、「内証事」206.
ibid. 昭和七年三月二十三日木村緑平宛て、「直情的な要望」214-216.

初出一覧

「山頭火の病蹟－「ころり往生」に至る精神病理」
「近畿大学臨床心理センター紀要」第4巻　59-82, 2011
「山頭火の病蹟－自殺未遂の精神病理」
「近畿大学臨床心理センター紀要」第5巻　41-68, 2012
「山頭火の病蹟－喪失体験の精神病理」
「近畿大学臨床心理センター紀要」第6巻　87-107, 2013
「山頭火の病蹟－両価性の精神病理」
「近畿大学臨床心理センター紀要」第6巻　109-121, 2013
「山頭火の病蹟－依存性の精神病理」
「近畿大学臨床心理センター紀要」第7巻　101-116, 2014

人見一彦（ひとみ かずひこ）　近畿大学名誉教授、精神医学

●装幀…上野かおる
●書……上田秀曠

山頭火の病蹟——ころり往生、喪失体験、アルコール依存

2015年7月10日　第1刷発行

著　者　人見一彦
発行者　山崎亮一
発行所　せせらぎ出版
〒530-0043　大阪市北区天満 2-1-19 高島ビル2階
TEL. 06-6357-6916　FAX. 06-6357-9279

印刷・製本所　株式会社啓文社

　ISBN978-4-88416-238-2

せせらぎ出版ホームページ　http://www.seseragi-s.com
メール　info@seseragi-s.com